DEMAIN SERA SANS RÊVES

JEAN-SIMON DESROCHERS

Demain sera sans rêves

roman

LES HERBES ROUGES

Les Herbes rouges remercient le Conseil des arts du Canada, ainsi que le Fonds du livre du Canada et la Société de développement des entreprises culturelles du Québec, pour leur soutien financier.

Les Herbes rouges bénéficient également du Programme de crédit d'impôt pour l'édition de livres du gouvernement du Québec.

Catalogage avant publication de Bibliothèque et Archives nationales du Québec et Bibliothèque et Archives Canada

DesRochers, Jean-Simon, 1976-

Demain sera sans rêves

ISBN 978-2-89419-343-3

I. Titre.

PS8557.E842D45 2013   C843'.6   C2012-942802-7
PS9557.E842D45 2013

© 2013 Éditions Les Herbes rouges
Dépôt légal : Bibliothèque et Archives nationales du Québec,
             Bibliothèque et Archives Canada, 2013
ISBN : 978-2-89419-343-3

Il est curieux que la théorie de la Relativité admette la vision temporelle anticipée, en ce sens que le futur de Pierre peut être le présent de Paul. Mais elle n'admet pas qu'un événement du futur lointain de Pierre apparaisse à ce même Pierre un certain nombre d'heures ou de jours avant un événement de son avenir plus proche. Et c'est là notre problème.

JOHN W. DUNNE
Le temps et le rêve

Je me suis inquiété du présent : quelles étaient ses dimensions, sa profondeur, la part qui m'en revenait.

KURT VONNEGUT
Abattoir 5

Quand tu rêveras d'un monde qui n'a jamais existé ou d'un monde qui n'existera jamais et qu'après tu te sentiras de nouveau heureux, alors c'est que tu auras renoncé.

CORMAC MCCARTHY
La route

LA MAISON DES VENTS

Comment et en quel lieu Marc Riopel attente
à ses jours et ouvre une brèche
sur une idée de l'avenir

Novembre, ciel de variantes grises, nuages enchevêtrés, soleil lointain, presque invisible. Dans la rue, un homme debout. Derrière, il y a la maison où Marc Riopel rentrait après l'école, il y a les murs des premières amours au téléphone, des repas trop longs, des idées du monde simple, du frère qui a grandi pour partir, lui aussi. À gauche, la maison des Angers, celle où habitait Catherine, celle avec qui Marc aurait voulu. *J'aurais aimé ça te revoir.* À droite, la maison qui appartenait aux Dubois, parents de Myriam, partis vivre aux États-Unis. Plus loin, sur la gauche, se tient une ancienne promesse de maison sans vitres ni portes ; des murs couverts de papier noir, marbré par les taches de pourriture ; un toit jamais recouvert, trou de cheminée sans cheminée, escaliers sans main courante. C'est la maison des vents. Le domaine d'autrefois, le quartier général, la planque, le centre du monde. *Combien de pas pour m'y rendre maintenant ?* Quand Marc était enfant, c'était près de deux cents. Adolescent, plus qu'une centaine. *Ça doit être ça, cent pas.*

Outre l'usure occasionnée par une trentaine d'années passées aux quatre vents, Trois-Maisons n'a pas changé. Des arbres aux feuilles tombées ceinturent les maisons, des sapins et des épinettes montent la garde au nord. Plus loin, d'autres feuillus dénudés tracent des lignes poreuses entre les terres. Au-delà, Marc le sait trop bien, il y a d'autres champs, d'autres arbres sous ce ciel en demi-teintes. Les tiges des plants fauchés ont séché debout, elles restent hors de terre, droites, attendant les neiges qui les casseront. Le vent lèche la peau de Marc mal recouverte par ses vêtements de polyester. Peu avant de sortir, il avait pris son manteau, sans réfléchir. *Pourquoi je le mettrais ? De quoi j'aurais à me protéger ?* C'était un bon manteau, acheté à prix fort, du temps où l'argent était une simple commodité. Marc goûte l'humidité de l'air comme s'il buvait du vin. Les nuages bas ressemblent à des idées sombres, des bombardiers à neige animés d'un sentiment d'anarchie. Marc tourne la tête. Il reçoit l'image de sa maison d'enfance. Moins de deux mois avant Noël. La pelouse qui jaunit depuis quelques jours. Aucune décoration. Le vent traverse les muscles jusqu'à toucher les os. Marc ne sourit pas.

Il était néanmoins curieux. Quelles seraient ses pensées à cette étape précise ? *Un manteau... la futilité, toujours la futilité.* La maison des vents n'est qu'à vingt pas. Marc entend son père en souvenir. Il peste contre le constructeur qui n'a pas achevé le projet.

«Un fiasco… Notre maison vaut plus rien de même.» Coup d'œil vers cette rue en forme de thermomètre. Il fut une époque où un quartier complet avait été imaginé. Des maisons, partout, remplies de familles, de mythologies ordinaires, de drames privés ; des parcs où les enfants jouent, se battent, se blessent ; des entrées de cours en asphalte noire, des marelles, des parties de hockey-balle entre le passage des voitures. *L'ordinaire… La futilité.*

Encore quelques pas et Marc touchera la maison des vents. Sa fondation s'est effritée. Son odeur de bois pourri est plus prononcée qu'auparavant. La pancarte délavée au nom du constructeur gît sur le plancher de l'entrée. À quatorze ans, Myriam lui avait raconté l'histoire de Trois-Maisons. Ce pauvre entrepreneur frappé d'une crise cardiaque, mort ici même, dans cette cuisine avortée. Le père de Marc avait détaillé le mythe ; l'absence de testament, de succession, la municipalité qui n'avait pas modifié le zonage à temps, un ratage complet. À l'époque, Marc favorisait la version grandiose, construite phrase par phrase, une lampe de poche sous le menton. «La maison des vents a été laissée aux enfants de Trois-Maisons par le dieu Manitou, patron des enfants sauvages. Si nous disons un mot aux adultes à propos des choses qui se passent dans cette maison, Manitou la détruira avec une tornade remplie d'éclairs et viendra hanter l'âme du coupable jusqu'à la fin des temps.»

Marc a peur. Non pas du geste à commettre. Pour cela, il est imperturbable. Le plancher gorgé d'humidité ondule sous ses pas. Il pourrait s'effondrer à tout moment. Pareil pour cette échelle de bois, toujours debout dans la cage d'escalier, vermoulue, rongée par les intempéries. Des craquements se font entendre. Le vent, le gel qui hésite. Le cœur de Marc qui bat avec plus de conviction. Le choix des lieux n'était peut-être pas la meilleure idée.

L'étage, ses quatre murs, l'espace ouvert, libre de montants et de cloisons; l'étage comme un espace figé dans le temps. Marc y courait, autrefois. Il aimait cette acoustique molle, l'enfermement d'une vastitude. Quelques pigeons volent entre les montants du toit. Ils l'observent, ils roucoulent. Leurs fientes recouvrent la totalité du plancher. Marc avait oublié ce détail. *Tant pis.* Le vieux matelas de gymnastique est toujours devant la fenêtre sud, couvert de fientes. Il le retourne. Son dos est rongé par des moisissures. *Parfait.* Ce sera ici, couché devant ce rectangle vertical qui devait accueillir une fenêtre, sur ce matelas où chaque enfant de Trois-Maisons a dormi une nuit, seul, sans lumière ni bougie. Un puissant frisson fait vibrer ses os. Ses mains bleuissent. Marc souffle sur ses doigts afin de garder la dextérité requise.

La seringue lui paraît longue. Une triple dose suffira. Il doit appuyer avec vigueur sur le piston, tout envoyer, ne pas rater. Un réflexe lui fait chasser les éventuelles bulles d'air du mélange. Marc n'interprète pas ce geste comme un relent d'instinct de survie, il n'analyse plus rien sinon les couleurs, la lumière, la froide humidité de l'air. Un regard par le trou de la fenêtre. De légers flocons épars tracent de fines lignes blanches sur un paysage aux couleurs éteintes. Sans ressentir une joie réelle, il est satisfait d'en finir ici. *Une ellipse. C'est bien, les ellipses.*

L'aiguille est en place. Il pourrait reculer. Marc est jeune, à peine trente-trois ans. Sa santé est correcte. Son avenir n'est pas aussi terne qu'il l'entrevoit. L'espoir demeure un luxe admissible, il suffirait d'un effort d'imagination.

Il peut reculer.
C'est l'heure.

Les premières secondes ressemblent aux expériences d'antan. Une chaleur immense, une respiration ankylosée par des organes qui ont pris la douceur du feutre. Marc s'était étendu au moment de l'injection. La sensation d'enfoncement lui fait croire que le plancher a cédé, qu'il tombe à la vitesse d'un caillou dans un océan d'huile. Les secondes suivantes s'étirent, sa respiration s'amincit. La fine brume causée par son souffle diminue à chaque expiration. *Ça va. Ça va.* Selon ses croyances, Marc est convaincu que rien ne se produira. Aucune résurgence de ses souvenirs, aucun tunnel, aucune lumière ; le vide, le néant. Voilà ce qu'il désire, disparaître. *Être rien… c'est encore être quelque chose.* Son esprit enlace cette idée avec une passion fuyante. Tout se déroule comme prévu. Marc songe aux paroles de Brel. *Mourir, cela n'est rien, mourir, la belle affaire.*

Le vent, le sifflement, sa musique d'azote. Les mots de Brel comme un chant suspendu hors du temps. Marc y parvient, il réussit, mourir arrivera. Des images viennent. Des couleurs, des sons, des odeurs, le vent. *Le vent, le vent.*

∞

Une voix aiguë, remplie de sanglots. Elle hurle qu'il faut une ambulance. Une autre voix, votre mère, qui parle au téléphone. Vous descendez, non, vous arrêtez à la troisième marche du haut de l'escalier, comme Carl. La petite fille à la voix aiguë a les avant-bras couverts d'un liquide rouge. Votre mère est nerveuse, elle raccroche, demande ce qui se passe. La petite fille éclate en sanglots. Elle dit que sa mère a eu un gros accident. Vous avez envie de pleurer et Carl ne verse aucune larme. Il est pourtant plus jeune. Vous vous retenez, pour l'honneur.

Votre père derrière la tondeuse à gazon. Les cumulus qui traversent le ciel ressemblent aux moutons de vos histoires d'enfance. Les allergies transforment votre nez en robinet à morve. Vous restez à l'intérieur. Dernière année du secondaire, la rentrée dans quatre jours. Catherine prend un bain de soleil sur une chaise longue. Elle écarte les cuisses avec une impudeur qui vous fait sourire. Myriam plane au-dessus des champs avec son ultraléger motorisé, Carl nettoie sa mobylette avec un chamois. Derrière votre fenêtre close, vous regardez la vie des autres comme un lent spectacle.

Bar enfumé, soir d'hiver, un foulard de laine au cou, style bohème. Vous racontez des souvenirs inventés à un jeune homme très soûl qui vous plaît. Vous-même ne savez plus ce qui fut réel ou imaginé. *On est ce qu'on croit, c'est tout ce qui compte.* Le type ignore votre nom, tout comme votre sexe. Vous ne l'aidez pas. Vos vêtements restent ambigus. *Homme, femme, quelle importance ?* Vous souhaitez qu'il découvre votre masculinité après l'avoir embrassé. Si rien ne se passe, vous irez vers cette fille élégante qui vous regarde en fumant comme une reine.

« Hostie de fif à marde / Crisse de pousseux d'crotte / T'aimes ça te faire toucher par des gars, hein ? » Vos jambes ne tiennent plus. Votre nez, votre ventre, vos testicules ne sont plus que douleurs. Vos yeux sont brouillés. Vous vous écroulez, face sur l'asphalte. Un pied arrive dans vos côtes. Du sang coule·de votre bouche. «Pitié…» Autre coup de pied, au visage. Viennent les vapes, l'éther, la douleur suspendue aux nuages qui flottent vers d'autres cieux, doux éther. «Marc, MARC… Réveille-toé.» Un visage, cette voix est liée à un visage amical. Vous le croyez. C'est Carl, il dit avoir battu vos trois assaillants, il parle de docteur, d'expulsions, de directeur. Ce lit d'asphalte glace votre peau, vous tremblez.

Le bureau du directeur, ses cadres de photographies et de diplômes. Votre frère à votre gauche, Catherine et Myriam comme témoins. Trois garçons de votre classe d'anglais vous ont agressé. Carl s'excuse d'avoir utilisé des méthodes aussi radicales pour mettre vos assaillants hors combat. Le directeur parle de péroné cassé et de coudes disloqués, de commotion cérébrale. Vous regardez votre frère cadet qui n'a rien d'une brute. Votre bouche recommence à saigner. Cette envie de pleurer qui revient.

Attends. La voix de Brel et le froid immense, un iceberg posé sur votre corps. Le sifflement du vent se mêle à votre respiration mince comme un fil. Vos paupières restent clouées. *Qu'est-ce qui se passe ? C'est quoi, ça ? Des souvenirs ? Mes vrais souvenirs ? Pourquoi je suis pas déjà mort ? Est-ce que je suis mort ?* La voix de Brel et aucune lumière.

Deux très vieilles femmes vous observent. Des visages connus que vous n'arrivez pas à nommer. Quatre-vingts ans, peut-être plus. Vous êtes dans une pièce grise, plancher, plafond, murs, même couleur bercée d'une lumière douce. Un vieil homme se glisse entre les femmes. Sa tête ne saurait mentir, ses traits sont presque les vôtres. *Carl ? Comment tu es devenu aussi vieux ?* L'homme parle d'une voix lointaine, presque trafiquée. « Marc, c'est très important. »

C'est quoi, tout ça ? Pourquoi il est vieux, comment il a pu vieillir aussi vite ?

Vous ouvrez un œil vaseux. La neige suit la même diagonale. Le bruit du vent est anormal, comme s'il soufflait au ralenti. Vous avez l'impression d'inspirer pendant des dizaines de secondes. *Je pense normalement... c'est très étrange, ma pensée vit, le reste ne répond presque plus.* L'impression d'enfoncement s'est elle aussi pliée à cette courbure du temps. Comme si la gravité s'était réduite au minimum. *Peut-être une invention, un dernier délire... peut-être que la mort est un mensonge.*

Yeux fermés, scellés par un mouvement qui ne pourrait venir de votre conscience. Devant, comme un fantôme, votre frère. Il vous parle. *Carl...* Vos lèvres refusent de bouger, vos muscles sont de pierre. *Carl,*

17

qu'est-ce qui se passe, pourquoi tu pleures ? « Tu dois comprendre. Je peux pas t'entendre. Ça fonctionne juste dans un sens. » *De quoi il parle ?* « Marc, ça fait soixante-seize ans que t'es mort… Autant d'années que je me demande pourquoi t'as fait ça… » L'image de votre frère se dissipe et revient. « Catherine et Myriam, elles ont accepté. C'est une technique qu'on maîtrise mal, mais on sait que ça fonctionne. Comme ça, tu verras un peu ce qu'on a vécu ; ce que t'as manqué. Prends ça comme un cadeau impossible. Nos vies, nos mémoires… » Un sanglot le force à éclaircir sa voix. « Ça va commencer bientôt. Je t'aime, grand frère. Je t'aime. »

LE GARÇON
QUI HABITAIT SES MUSCLES

Sans comprendre, Marc Riopel reçoit
un flux de souvenirs issus de la mémoire
de son frère, Carl

« DIX. NEUF. HUIT. SEPT. SIX. CINQ. QUATRE. TROIS. DEUX. UN : PRÊT PAS PRÊT, J'Y VAIS. » Vous quittez l'arrière de la maison des vents. Vous balayez l'horizon du regard. Les bruits de pas dans la terre sèche avaient résonné vers l'arrière. *Dans le champ de blés d'Inde.* En étirant le cou, vous observez les tiges qui font trois fois votre hauteur. Une forêt de lignes droites. Des mouvements vers la gauche. *Marc.* Vous devez le toucher pour l'éliminer. Il court entre les plants, trop rapide pour vos petites jambes. D'autres mouvements sur la droite. *Catherine.* Celle-ci file en direction opposée, ils travaillent de concert. Vous courez sans regarder devant. Votre pied s'enfonce dans un trou de marmotte, comme si le sol avalait votre jambe. « Maudit ! » Sortir le pied. Secouer la terre. Votre cheville est tordue. *Ils vont toutes gagner...*

Un générique défile à l'écran bombé du téléviseur. Le macaroni Kraft était délicieux. C'était un repas spécial, votre plat favori pour souligner les résultats de votre troisième bulletin scolaire. Vos notes planent légèrement au-dessus de la moyenne. Pour Marc, ces résultats seraient navrants. Pour vous, c'est l'occasion de célébrer. *Je suis chanceux, moi. Pas besoin d'avoir des grosses notes pour qu'ils soient contents.* Marc regarde le début de *Passe-Partout* d'un air inattentif. Le premier clip de l'émission parle de légumes. Vous connaissez la chanson par cœur. Marc ne semble pas habiter son corps, son visage est une fenêtre close.

Vous traversez les rangs de maïs un à un, évitant les feuilles aux bords coupants. Le soleil se faufile entre les plants, juste assez pour taper sur votre crâne. *Ma casquette... Maman va chialer.* La lenteur obligée de vos pas brouille votre capacité à mesurer les distances. *Je devrais voir Trois-Maisons, me semble.* Une éclaircie se devine au-devant. *Commence à être temps.* «Maudit!» Vous ne comprenez pas. Devant, un fossé presque asséché où des couleuvres se font chauffer sur des pierres grises. Au-delà, un autre champ de maïs. *Faut que j'enlève mon soulier...* Vous n'êtes jamais venu ici. Au loin, sur la droite, deux silos scindent l'horizon. Votre cheville est bleue. Votre pied enfle à vue d'œil.

Cela fait une heure que vous êtes assis sur cette roche. Vos fesses vous démangent. Le soleil tape, votre gorge brûle. Un lent travail d'assèchement. Votre pied violacé n'entre plus dans sa chaussure. Impossible de marcher. Vous attendez un cri, un appel. Un corbeau glisse sur l'air sec, se pose de l'autre côté du fossé, une grenouille au bec. Vous devriez avoir peur. Les couleuvres n'ont pas bougé.

Debout sur le tatami, en position. Cette fois, vous obéirez. Vous ne bougerez pas, peu importe ce que l'instinct hurle en vous. Vous devez apprendre à souffrir. Recevoir au ventre, au visage. Le casque vous protège. Vos dents sont en sécurité dans le protecteur de caoutchouc. Un garçon d'un niveau supérieur attaque avec les poings. Vous ne contrez rien. Il a raté votre plexus de deux centimètres. *Ça va.* Un autre s'avance. Coup de pied renversé à la tête. Vous vacillez, reculez de deux pas, genoux pliés. *Non, debout.* Le maître s'avance vers vous. Sa vitesse le rend presque invisible. Vous ne bougez rien. Le maître arrête son poing à un cheveu de votre pomme d'Adam. Vos regards forment deux lignes impénétrables. Il pourrait vous tuer dans la seconde. Vous n'avez pas peur.

C'est presque l'heure du souper et le vent s'est levé. Il a transformé le champ de maïs en océan vert où les vagues meurent dans les vides. Au bord d'un de ces vides, il y a le corbeau, jamais loin, curieux de voir un petit humain immobile. Votre pied est toujours aussi enflé. «Je suis pas de la viande pour toi.» Vous ne songez pas que le vent recouvre peut-être les voix de vos amis, de vos parents. Une idée persiste dans votre esprit. En ces lieux, c'est vous l'étranger. C'est vous qui brisez l'ordre normal des choses. «AIDEZ-MOÉ!»

Le lit est confortable, douillet. Presque autant que cette nuit où votre père vous avait ramené sur ses épaules, à travers champs. Votre cheville tordue avait cessé d'envoyer ses signaux douloureux dès qu'il était apparu entre les plants de maïs. Cette nuit-là, vous aviez dormi sans bouger, la jambe surélevée, entourée de glace. Ce soir, c'est autre chose. Vous êtes seul à la maison pour la première fois. Les parents dorment chez des amis, votre frère a emprunté votre mobylette sans préciser ses intentions. La cassette de MC Hammer ne joue plus depuis cinq minutes. Vous pensez à ce bonheur de ne pas subir la musique de votre frère. Vous vous levez, vous étirez les bras, marchez dans le couloir, ouvrez la porte de sa chambre. Il y a longtemps que Marc vous a laissé entrer. Accrochées aux murs, des affiches au nom de ses groupes : Nine Inch Nails, Pantera, Rage Against The Machine, Slayer, The Cure. Une bibliothèque plus haute que vous. Aucune bande dessinée. Que des bouquins remplis de mots écrits en petits caractères. Vous entendez la mobylette qui revient. Vous comprenez. *Il est allé s'acheter du pot...*

Il a payé sans rouspéter. Une rayure longue comme l'avant-bras. Il s'excusait. Dans sa première version, alors qu'il était soûl, Marc a raconté qu'il avait effleuré une voiture stationnée. Puis, après avoir fumé un pétard dans la maison des vents, il affirma qu'un imbécile avait ouvert sa portière alors qu'il s'amusait à rouler entre les voitures dans un stationnement. Ce matin, en vous remboursant la peinture pour éliminer la rayure, il vous a regardé droit dans les yeux, l'air dramatique, solennel. «J'aurais pas dû laisser mon ami conduire, il sait pas chauffer.» Votre frère souriait de manière sincère. Il vous proposait d'aider à faire la réparation. *Il est plus sympathique quand il dit pas la vérité... il devrait mentir plus souvent...* Vous recouvrez la mobylette d'une bâche pour éviter l'empoussièrement de la peinture humide. Votre frère vous envoie la main, celle qui ne tient pas son livre. Il est assis sur le toit de la maison des vents. Vous aimeriez comprendre ce qui lui travaille l'esprit, même si ses idées sont savantes ou trop complexes. *Un jour, je finirai par comprendre.*

P'pa?
Oui Carl?
Pourquoi Marc est de même?
Hum... Parce qu'il est sensible.
Oui, mais pourquoi il ment tout le temps.
Peut-être qu'il ment pas, peut-être qu'il retient pas les mêmes choses que nous.
En tout cas, moi, je le comprends pas.
C'est normal, toi, tu es meilleur pour agir.
Tu veux dire que je suis pas intelligent?
Non, mon gars. Je veux juste dire que vous avez pas les mêmes talents.

La voiture fait un bruit sourd. Le nouveau tuyau d'échappement la fait rugir. La pièce vous a coûté une semaine de salaire. Sa pose vous a amoché l'épaule, sans parler du t-shirt Nike taché d'huile, irrécupérable. Votre bolide est paré pour ce vendredi prometteur. La fausse carte a été livrée par un ami. Le travail semble bien fait. Elle vous donne deux ans de plus, les dix-huit nécessaires. Vous regardez cette carte de cégep sans savoir si vous devriez vider votre portefeuille. *Si le portier demande d'en voir une autre, ça marchera pas. Si j'ai pas d'autre carte dans le portefeuille, ça va être louche.*

Votre ami vous devance dans la file. Le portier ne regarde pas ses cartes. *Ça va marcher.* La musique techno fait vibrer l'immeuble à chaque coup de basse. Vous souriez, l'air détendu. Le portier est immense. Son bras fait le diamètre de votre tête. Sa peau noire brille dans cette nuit que vous souhaitez jeune. Il vous regarde, œil sévère, bouche large, front bas. « T'as quel âge ? » Vous répondez naturellement, gorgé de confiance. Il sourit et vous bloque l'accès. Vous avez dit « seize ans ».

Rouler dans la nuit, changer de ville, voir les lampadaires jeter leurs cônes de lumière sur d'autres pavés. « Une salope, une hostie de salope. » Vos dents restent serrées, votre mâchoire élance. Vous lui faisiez une surprise. Il y avait ce cadeau, une peluche rose pour sa collection. « La prochaine fois que je tombe sur une fille qui tripe sur des hosties d'toutous, j'décâlisse…» Vous aviez utilisé votre clé sans faire de bruit, la peluche sous le bras. À cette heure, elle devait dormir. Arrivé dans le couloir, un rire étranger a fusé de la chambre. Votre sang s'est épaissi. Marcher sur la pointe des pieds, arrêter à proximité de la porte, inutile d'aller plus loin. Le miroir de la coiffeuse. Le reflet d'un cul basané, relevé, ceint des pieds blancs de Kim, tatoués de personnages de dessins animés. Respirations, exhalations, lapements, jouissances. Vous auriez voulu agir comme un acteur porno, baisser votre jeans et prendre la basanée sans prévenir, la faire crier, lui ordonner de lécher le cul de votre copine, lui tirer les cheveux, lui dire «prends ça, salope», la lui mettre au fond. Non, votre cœur s'est retourné, les jambes coupées, la main tremblante. Vous avez lâché la peluche et tourné les talons, l'amour en miettes, un goût de vase dans la gorge, ce besoin de rouler jusqu'au soleil.

Elle s'appelle Kim. Une vraie blonde, qu'elle prétend. À la blancheur laiteuse de sa peau, vous la croyez. Elle est soûle, plus que vous ne l'êtes. «J'suis un paquet de troubles, tsé.» Vous dites aimer les défis. *Surtout ceux qui ont un petit cul et des seins qui pointent au ciel.* Elle dit préférer les femmes, que vous devrez l'impressionner pour qu'elle vous garde. *Un autre défi.* Vous l'invitez à finir la soirée à votre appartement. Elle dit aimer vos jambes, vos mollets, particulièrement. «C'est qu'un début.»

Elle rit aux éclats. Oui, elle a connu Marc. Bibliquement connu, qu'elle affirme. Après avoir fumé un joint, Kim voulait voir vos photos. Un album s'est ouvert. Vous, bébé, Trois-Maisons, la maison des vents, les champs, la mobylette. «Bizarre, votre coin.» Vers la fin, l'avant-dernier repas de Noël. Marc, cheveux longs, style androgyne, ténébreux. «Tu veux dire que lui, c'est ton frère… C'est vraiment trop hot!»

Une fille est avec elle. Cheveux bleus, oreilles, langue et nez percés. Cocaïne sur la table. Vous sniffez pour paraître cool. Vos gencives s'engourdissent, vous parlez plus qu'à l'habitude. Cheveux bleus embrasse votre Kim. Kim met une main dans la culotte de Cheveux bleus. Elle vous avait prévenu, ce genre de chose pouvait se produire. «Mais t'inquiète pas, tu vas toujours être là, sinon, ce serait pas être fidèle.» Cheveux bleus étire un bras vers vous, palpe votre entrejambe. C'est la première fois que cette personne vous touche. *Ça va pas. Pas comme ça.*

Le soleil perce l'horizon, dessine une piste de lumière sur le lac. Votre voiture est presque à sec. Les stations-service n'ouvrent pas avant une heure. La fatigue creuse votre visage. Elle l'a fait, sans vous. *Ça devait arriver, je suppose… juste un paquet de troubles, comme fille.* L'envie de tuer ne passe pas.

Montagne, montée de roche en roche, bottes noires sur pierre grise, bâtons de marche plantés dans la boue. La pluie est arrivée sans prévenir. Une eau froide, des gouttes lourdes. Le sentier s'est transformé en rigole, les pierres sont glissantes. Un éclair illumine la forêt qui vous entoure. *Une, deux, trois...* Tonnerre. « *Fuck !* » Cette averse est un orage. Les arbres partout, l'abri le plus proche à quarante minutes de grimpée rapide, aucune grotte. Un autre éclair jaillit. *Une, de...* Tonnerre. Vos oreilles silent. *Je marche ? J'arrête ? Je fais quoi ?* Le vent plie la cime des arbres, les troncs craquent. La pluie redouble d'ardeur, encore plus froide. *Je continue.* Vous connaissez le sentier, une section en faux plat se trouve à proximité. Impossible de savoir s'il s'agit d'un nuage isolé ou d'une tempête. *La météo disait...* Un autre éclair. « Une, deux, trois, quatre, cinq, six... » Le tonnerre s'étire et résonne sur le flanc de la montagne. Les arbres plient vers le nord. Vous souriez, cet orage remonte la vallée. *Une ondée.* Le soleil perce entre les arbres. Vous avez pris l'eau jusqu'au caleçon. Plus que trente minutes avant le sommet. Hors de question de redescendre avant d'y être arrivé.

Livraison du courrier, trajet habituel. Il pleut depuis dix jours. L'hiver hésite à s'installer. Vous avez obtenu votre permanence, vous voilà syndiqué, protégé. *Une job à vie.* Les collègues ont souligné l'occasion en vous offrant la bière. Le mal de tête persiste. Vous songez à Marc qui prépare une maîtrise sur un sujet qui semble utopique, à votre père denturologiste depuis toujours. *Facteur... c'est un peu minable... Je pourrais faire mieux que Marc si je me forçais...* La surface humide et glissante d'un escalier vous oblige à ralentir le rythme. *Pourtant, je devrais être content… Je passe ma journée à marcher, tranquille, je dis bonjour aux gens… je rends service.* Vous replacez la bandoulière sur votre épaule. Votre bouche garde un goût métallique. Plus bas, dans la rue, une vieille dame presse le pas, la coiffure recouverte d'un bonnet de plastique. Vous ne sentez pas la pluie contre vos vêtements. «Je peux vous aider?» Un jeune homme, la porte entrouverte. Il vous parle à nouveau.

Ça va pas, il y a un problème?

Non, non. Ça va.

Vous êtes sûr, z'avez pas l'air bien.

Votre père est fier, il bombe le torse, fait de grands gestes. «C'est une bonne job, Carl. Facteur à vingt ans… Tu vas gagner ta vie comme il faut.» Votre mère est partie porter des contenants de sauce à spaghetti à votre frère qui habite un appartement en ville. «T'aurais pas préféré que je fasse des grosses études?» Votre père repose sa tasse de café, hoche la tête. «Je veux que tu sois heureux, mon gars.»

Trois plaques de quarante-cinq livres de chaque côté. Trois cent quinze livres avec la barre. C'est dix de plus que votre meilleure performance. Vous vous étendez sur le banc, regardez la barre métallique grise et froide. Position des mains, visualisation; un tremblement de terre, un bloc de béton, vous êtes coincé, ne restent que les bras pour vous dégager, pour bouger avant la prochaine secousse. Vos yeux se durcissent, vos pupilles forment de minuscules points noirs. Élévation de la barre, les bras droits, se concentrer, bloc de béton, survivre. Descendre en inspirant, gorger les muscles de sang oxygéné, poser la barre contre votre sternum. *Un tremblement de terre... bouger ou mourir.* Poussée, dents serrées, cou vibratile aux veines saillantes, bloc de béton, tremblement de terre. La barre monte, vos bras droits, solides, gorgés de sang. *Un de plus.*

Kim aimait votre corps. De nombreuses femmes craquent pour vos muscles, mais aucune ne vous plaît de la manière souhaitée. Hier encore, une baise sans lendemain, un lit quitté au milieu de la nuit pour éviter les ravages du matin.

Tsé, j'veux dire, j'arrive pas à ressentir quelque chose d'aussi fort.

Tu vas pas chialer à propos de ta *bitch* de Kim.

Non, non... Mais me semble que j'aurais pu au moins en rencontrer une avec qui ça aurait été équivalent.

Écoute, *man.* Avec chaque femme, c'est différent. Si tu veux que ça soit comme avec Kim, ben retourne avec Kim.

Ben oui. Me semble.

Pense à ça. Enweille, va faire ta *run* de courrier. Chialeux.

Tempête, bourrasques et poudrerie. Vous avancez tête baissée. Marc est passé chez vous hier. Il n'allait pas, l'air nerveux, fumait cigarette sur cigarette. Il revenait d'un sauna et sentait le sperme séché. Vous lui avez demandé de ne pas en parler. Sa bisexualité ne vous dérange pas du moment qu'elle demeure privée. Vous montez un escalier enneigé, prenant garde de ne pas glisser. Marc vous parlait de sa recherche doctorale, de l'impression d'arriver à un point de paradoxe extrême. Vous aviez du mal à comprendre la plupart des mots qu'il employait. Vous déposez une pile d'enveloppes dans une fente postale placée au bas d'une porte grise. Redescendre, tenir la main courante, rester sur pied. Marc parlait d'éventuels problèmes d'argent, d'une bourse qui arrivait à terme. Il est toujours à votre appartement, probablement rongé par les mêmes angoisses qu'hier. Vous lui proposerez de retourner à Trois-Maisons, qu'il sorte de la ville une semaine ou deux. Une plaque de glace. Vous vacillez sans perdre l'équilibre. Encore du courrier dans votre sac.

Je vais pas faire ça toute ma vie... c'est ridicule...
Je connais tous les noms par cœur... 4832 : Angéline
Abekassis, 4834 : Claire Richard et Réjean Ducharme,
4836 : Robert Lalancette... C'est ridicule. Vous approchez du centre de tri. L'envie d'arrêter de marcher est monstrueuse, elle ronge vos tripes, insère du sable dans vos articulations. Une file à l'arrêt d'autobus. Des vieilles, des étudiants, des malpropres, une mère et ses deux enfants. Des visages morts comme la lune. Des corps debout par défaut, du bétail. Vous continuez d'avancer. Une pensée tourne sans prendre forme, quelque chose sur l'idée que nul ne se sent à sa place,

que personne n'a de sens hors de sa fonction, de ses obligations. Vous levez les yeux. Le centre de tri. Cœur de rien, tête sombre, vous entrez. Non, vous ne ferez pas ce travail toute votre vie.

Marc avait signé un testament devant notaire. Le papier datait de l'époque où il avait été accepté au doctorat. Le document ne faisait qu'une ligne : « Je lègue la totalité de mes biens et possessions à mon frère, Carl Riopel. » Vous n'aviez pas mis les pieds chez lui depuis des années. Des meubles achetés à l'Armée du salut, des électroménagers vétustes et dépareillés, des vêtements trop longs, trop étroits, trop androgynes pour vous. Des affiches collées aux murs, annonces de pièces de théâtre, de concerts, de colloques. Et des livres, des centaines de livres, peut-être quelques milliers. *C'est un message... Ça peut pas être autre chose...*

La première intuition : chercher une lettre de suicide. Celle qui n'était pas sur le disque dur de l'ordinateur portable, celle qui manquait dans son ancienne chambre, à Trois-Maisons. *Rien...* Sa thèse de doctorat inachevée demeure l'unique piste. Vous asseoir, fauteuil brun décati, poussières levées dans l'après-midi, étoiles flottantes dans un rai de soleil. Les murs sont couverts de livres. *Pour comprendre son geste, je dois comprendre son travail. Pour comprendre son travail, je dois comprendre tout ça...* « Tabarnak... » *J'en ai pour vingt ans...* Vous feuilletez un livre posé sur une table. Plusieurs passages sont soulignés. Vous en consultez un autre. Celui-ci est surligné en jaune. *Peut-être pas vingt ans…*

La solution simple était de laisser les livres en place et d'amener vos meubles. Votre mère n'a pas compris le but de cette démarche. Lui expliquer vous a été impossible. Votre père a aidé pour les gros morceaux. Le reste, vous en avez fait votre affaire. Vous positionnez votre lit à l'endroit où se trouvait celui de Marc. Une vue sur un mur de livres et d'affiches. Vous avez l'impression d'emménager dans la vie d'un autre. Cette perspective vous plaît.

Sixième nuit dans l'appartement de votre frère. Un reflet de lumière rouge, blanc et bleu déplace votre attention vers la fenêtre. Vous écartez le rideau d'une main. Dans la rue, un homme ensanglanté, sanglé sur une civière, est placé dans une ambulance en grande hâte. Vous entendez la sonnette, marchez vers la porte, vous ouvrez. Un policier vous demande si vous avez entendu des coups de feu. Vous répondez qu'il y avait eu des bruits inhabituels, mais puisque vous n'avez jamais entendu une arme, vous ne sauriez l'affirmer. Vous voyez maintenant une femme sur une civière, le crâne éclaté. Le policier demande si vous la connaissez. «La propriétaire, je pense…»

Vieux livre poussiéreux, lecture qui précède le sommeil, de nombreux passages soulignés. Spinoza, l'*Éthique*. Ce texte vous donne des maux de tête. Vous estimez avoir parcouru le vingtième des livres de votre frère. «L'effort par lequel chaque chose s'efforce de persévérer dans son être n'enveloppe aucun temps fini, mais un temps indéfini...» Vous relisez trois fois cette ligne avant de tourner la page. Une feuille pliée tombe sur votre ventre. *Peut-être...* La feuille n'est pas cette lettre que vous espérez toujours trouver. Elle présente un schéma complexe avec l'annotation : «Le temps ne bouge pas, c'est son idée qui passe.»

Novembre, ciel bleu d'été indien tardif. Cinq ans depuis cette journée maudite. Vous regardez sa pierre tombale, droite comme un silence. Vous commencez à saisir la justesse du travail de Marc. L'état d'esprit dans lequel il devait se trouver. L'impasse totale qui le guettait. *Trop sensible pour gérer une affaire de même.* Un moineau se pose sur la pierre chauffée par le soleil, il picore sa surface sans raison apparente. *En même temps, pas avoir été sensible, il aurait jamais travaillé sur ça...* Vous prévenez vos parents qu'il est probable que vous soyez en retard pour le repas commémoratif. Revoir Trois-Maisons vous fait mal, vous préférez arriver à la brunante.

Novembre, ciel de variantes grises, une neige fine glisse en diagonale douce dans la brise. Vous avez garé votre voiture derrière la Golf rouillée de votre frère.

Vous laissez finir la chanson à la radio avant de couper le contact. Votre foulard est posé sur le siège passager. Le mettre ou pas ? Risquer le rhume ? « Vaut mieux pas. » Marc vous avait invité à venir le rejoindre dans la maison des vents. C'était congé. « Dans la maison des vents, à quinze heures, pas une minute avant. »

Deux ans, trois ans ? Vous n'étiez plus certain du moment de votre dernière visite à la maison des vents. Qu'elle soit encore debout tient du miracle, que personne n'y ait mis le feu, du prodige. Tout n'est qu'odeurs de moisissure malgré le froid. *Je me demande ce qu'il veut... peut-être qu'il va mieux...*

C'est votre tour. La météo prévoit une nuit douce et sans averse. Rien en bas de 22 °C. Vos parents ont accepté à cause de Marc. Il avait parlé d'un moment initiatique. Un mot nouveau pour vous. Marc lit beaucoup depuis deux ans. Des livres sérieux avec des titres étranges. *La nausée, Ainsi parlait Zaramachin-truc, Précis de décomposition.* Il parle moins qu'il ne lit. Et s'il parle, il utilise des mots savants. Des mots comme « initiatique » pour convaincre vos parents que vous avez l'âge de prouver votre valeur. *Dormir dans la maison des vents. Devenir un vrai adolescent.*

Il y a eu un bruit. Des pattes minuscules qui trot-taient. Une souris, un écureuil peut-être. Rien pour vous

34

aider à fermer l'œil. Votre montre numérique indique qu'il est minuit, son faible halo jaunit votre visage dans cette nuit de pleine lune. Votre mère n'a pas éteint la lumière de l'entrée, comme convenu. Ce point lumineux vous rassure. Trois-Maisons, les champs autour, les étoiles effacées, le cercle gris de la lune. Un autre bruit, un froissement d'ailes. *Chauve-souris.* Vous savez qu'elles nichent parfois entre les poutres du toit. De très loin, un jappement résonne. Vous songez à la ferme aux deux silos, à ce foutu doberman.

Bicyclette, coup de pédale, vent de face. Trois-Maisons n'est plus qu'à deux kilomètres de route. Si vous pouviez piquer à travers champ, la distance serait réduite de moitié. Vous apercevez Myriam aux commandes de son ULM. Elle semble préparer son atterrissage sur le chemin. Elle vous a promis un tour pour l'été prochain. Une question d'âge, qu'elle disait. La ferme à deux silos est tout près. Vous entendez les jappements du vieux doberman. Il s'est encore détaché et fonce vers vous. Augmentation de la cadence, douleur aux mollets, une envie de massacre à l'esprit. *Un jour, maudit chien, un jour.* L'animal vous poursuit sur une centaine de mètres, incapable de combler la distance. *Un jour.*

Trois heures du matin. Le chien n'a pas jappé depuis un moment. Les étoiles ont bougé. Dès que vous êtes sur le point de dormir, un bruit de pattes ou un moustique ravive votre attention. L'obscurité n'est pas aussi dense qu'en début de nuit. Les formes de la maison des vents sont plus claires. La nuit révèle une fine lueur grise. L'impression d'avoir les yeux enfoncés dans le crâne ne cesse de croître. L'air est chargé de parfums inédits. Une humidité tiède chapeaute les crasses, moisissures et fientes de la maison des vents. Vous ne dormirez pas. Vous songez à votre vélo. Au pied de biche posé sur les vieux pneus dans la remise.

« MARC ? MARC, T'ES LÀ ? » Le rez-de-chaussée de la maison des vents vous semble plus petit que dans vos souvenirs. Vous n'y passiez que peu de temps. L'étage avait longtemps été le lieu de vos rencontres. *Il écoute peut-être son iPod.* L'humidité de novembre perce vos vêtements. « MARC ? »

Grâce à une permission spéciale, les quatre y sont. Catherine semble très heureuse de passer la soirée ailleurs que chez elle. Elle affirme que sa mère est détestable depuis la fin des classes. Marc s'occupe de la cérémonie. Ses cheveux sont savamment ébouriffés. Ses yeux, maquillés de noir. Son visage plus blanc qu'à l'accoutumée. « Tu ressembles vraiment à Robert Smith, c'est cool. » Myriam parle de ce type sur qui vous ne savez rien. Une intuition vous suggère qu'il s'agit d'un chanteur ou d'un comédien. Myriam est fidèle à l'image que vous avez d'elle : une tête vide d'émotions, un pur esprit, un calcul complexe. Marc éteint la lanterne, allume une lampe de poche sous son menton. Il parle de l'origine de la maison des vents, de sa fonction, de l'étanchéité de vos secrets. Vous savez que tout ceci est faux. Ce mensonge reste une réalité plus agréable.

Vous maintenez le pied de biche rivé au guidon du vélo. La tiède humidité glisse sur votre visage à la manière d'une onde. Virage à gauche. La ferme à deux silos est dans une noirceur totale. Dans cinq minutes, vous y serez.

L'échelle qui mène à l'étage ne vous dit rien qui vaille. Des miettes de terre à demi sèche attirent votre œil. Marc y est monté. *Il est plus léger que moi, ça veut rien dire.*

Aucune automobile garée dans la cour de la ferme, une lumière allumée au fond de la cour, près de la grange. C'est la période des vacances. Vous ne comprenez pas comment le chien fait pour se nourrir. Après une minuscule réflexion, vous décrétez cette question inutile.

Votre tête passe la trappe de l'étage. L'épaisseur des fientes qui le recouvre vous surprend. Les deux fenêtres du devant laissent entrer des flocons qui fondent sitôt au sol. *Il doit être derrière.*

Le gravier crisse délicatement sous les pneus de votre vélo. De mémoire, vous vous dirigez vers le garage des tracteurs. La niche du doberman se trouve dans ce secteur. Vos yeux adaptés à la lumière lunaire définissent une forme organique à quinze mètres. Une tache sombre et ronflante. Le chien ne vous a pas entendu. Vous descendez de vélo, ne faites aucun bruit, pied de biche en main. Le doberman n'a rien remué.

D'abord, vous croyez qu'il dort. « MARC ! DRÔLE DE PLACE POUR UNE SIESTE ! » Devant l'absence de réaction, vous vous approchez. Le plancher couvert de fientes est si détrempé qu'il plie sous vos pas. « Marc ? »

Vous tenez le pied de biche par sa partie mince, prêt à frapper l'animal dès qu'il s'éveillera. Vous souhaitez qu'il ouvre l'œil. Qu'il attaque. Votre cœur bat à tout rompre. Votre fatigue est restée loin derrière, prête à recueillir votre sommeil après ce bref massacre. Le chien ronfle toujours.

Pas de buée, ni par le nez ni par la bouche. « Marc ? » Votre ton est sec, lourd, caverneux. Pas de buée. « Marc, hostie… réveille-toé ! »

Vous ne pouvez lui enlever la vie ainsi. Il doit savoir de qui vient le coup. «Heille, hostie de chien cave!» Aucune réaction. *Il est sourd?* Coup de pied dans les côtes. L'animal lève la tête, mal réveillé.

Votre main sur sa poitrine, le remuer. Les mains aux épaules, le secouer. Claque au visage. Rien, ni tension ni résistance. Il suffirait d'un doigt sur la carotide pour comprendre. «Marc... réveille-toé...»

La tête du chien, un coup vif, précis comme un laser. Cette impression de frapper une immense pièce de viande. La mort, immédiate, les spasmes aux pattes, coup de griffes sur votre pantalon, sans conséquence. Un autre coup. Ce n'est déjà plus un chien que vous frappez.

Vous voyez l'aiguille fichée dans le bras de votre frère. Des larmes devraient s'échapper de vos yeux. Aucune coulée, aucune eau à la frange des paupières. Vous avez un arbre dans la tête. Ses racines avalent tout. Trop d'idées, trop de pensées qui éclatent, qui bruissent comme un feuillage au vent. Vous ignorez la carotide. Ce n'est pas à vous de faire cela. Vous touchez le front de Marc, du bout des doigts.

Une alarme lointaine, le sentiment que cela suffit, le pied de biche quitte vos mains sales. Il était temps. Un éclair a déchiré votre esprit, une pensée sans mots. Vous deviez arrêter. La raison exacte vous échappe. Vous en parlerez avec Marc, après avoir dormi. « Lui, il va pouvoir m'expliquer. Il peut comprendre. »

Les ambulanciers constatent l'inévitable. Votre frère n'est plus qu'un corps froid. *Pourquoi Marc, pourquoi t'as fait ça ?* La neige épaissit le ciel. Des plaques grises se forment sur les trouées boueuses. Votre esprit prend les mêmes teintes. *Pourquoi, Marc ? Pourquoi ?*

LE COLLIER DE COULEUVRES

Toujours incapable de comprendre
le phénomène qui le frappe,
Marc Riopel reçoit les mémoires
de Catherine Angers, une amie d'enfance

Il a jamais été bien... trop savant pour son intelli-
gence... les livres, c'est pas pour tout le monde... mon
père, il lisait... beau résultat. Les parents de Marc
sont affaissés l'un contre l'autre, deux tours pliées
par des vents contraires. Il y a Carl, le regard absent,
vitrifié par le vent de novembre. Myriam a exprimé ses
condoléances de manière étrangement sentie malgré
sa naturelle froideur. Savage se tient en retrait. Il vous
observe, probablement méfiant envers Carl que vous
embrasserez de manière fraternelle ou peut-être avec
un bref élan lascif, histoire de le mettre en rogne. Vous
y songez. Le cercueil entre en terre. Trois rangées plus
loin, la pierre tombale de votre mère, rongée par les
pluies acides. Vous passerez devant avant de rejoindre
Savage. Comme vous serez seule, vous en profiterez
pour la saluer. « Salut m'man. Salut grande sœur. »

Il pleut à verse. Comme première journée dans une
nouvelle maison, vous auriez préféré un meilleur temps.

Pas moyen d'aller dehors. Êtes-vous la seule enfant de cette rue à trois maisons ? « Faudrait pas. Non, faudrait pas. » Votre mère place des assiettes dans une armoire. Votre père est parti acheter des extensions pour terminer les branchements. Vous guettez les deux maisons par la fenêtre de la salle de bains. Des voitures sont garées dans les entrées. Impossible de voir au-delà des vitres. Vous persistez et collez votre visage contre la fenêtre, redirigez votre souffle vers le menton afin de ne pas embuer la surface. Un bruit sourd résonne. Une masse s'est effondrée. Sentiment horrible, des araignées dévorent votre cœur, course vers la cuisine. Votre mère, au sol. Il y a du sang sur le linoléum et les armoires. L'intérieur de son poignet est coupé. « Maman ? MAMAN ! »

Dehors, en vitesse. Le premier voisin, la sonnette, un déluge de ding-dong. Un homme avec une repousse de barbe vous répond. Vous dites que votre mère a eu un accident. L'homme vous suit, vous accompagne dans cette maison que vous connaissez à peine. « Oh mon Dieu ! » Il place deux doigts sur le cou de votre mère. « OK… Écoute, tiens son bras en l'air et pèse fort sur sa coupure. Il faut pas que le sang sorte. » Il prend le téléphone, tourne le cadran, appuie sur les boutons. « Pas branché… Va dans ma maison, dis qu'il faut appeler l'ambulance. Dis que c'est Paul qui demande ça. » Le sang de votre mère recouvre vos petites mains. Il y en a jusqu'aux coudes. « Je vais m'occuper d'elle. GROUILLE ! »

La nuit a été longue. Votre père attend des nouvelles du médecin. Il mâchouille le filtre d'une cigarette non allumée. Des miettes de tabac s'en échappent pour se disperser sur le plancher de tuiles pâles, sans motifs. Étage sans vie, murs sans fenêtres, lumière faible, odeur de désinfectant. Cette fois, c'est du sérieux. Votre mère ne s'est pas ouvert le poignct comme il y a sept ans. Elle a pris des médicaments. Votre père ne cesse de gratter son crâne dégarni. Il a eu cinquante-sept ans hier. Aucun gâteau, pas de cadeaux. Seulement une note manuscrite à l'encre noire sur un papier bleu. Elle était dans votre lit, dénudée du nombril aux genoux, jambes écartées. C'est votre père qui vous a confié ces choses. Vous étiez en classe quand il l'a trouvée, examen d'algèbre. Votre père recommence à sangloter. En secret, vous souhaitez qu'elle ait réussi, cette fois.

L'air porte une odeur de purin. Un fermier fertilise ses champs malgré la brise. L'odeur de moisissure de la maison des vents atténue l'écœurant effluve. Vos jambes pendent par une fenêtre du deuxième. Vous fumez une cigarette volée à votre père. Le plancher craque derrière. C'est Myriam.
Salut Cath.
Salut, la bollée…
Pis, le beau Pat, tu l'as frenché?
J'ai fait plus que ça.
Tu l'as crossé?
Vous tournez la tête. Vous savez que Myriam n'a rien fait de sexuel avec son copain bien qu'ils soient ensemble depuis six mois.
Qu'est-ce que tu penses qu'on a fait?

...

On a fourré.

Myriam soupire. Elle dit ne pas comprendre. Elle fait la morale. Son discours sur la bonne personne, le bon moment, le côté précieux de l'acte. Vous ne répondez rien. Votre cigarette est finie. La voiture de votre père roule à grande vitesse vers la maison. D'une pichenette, le mégot décrit un arc dans l'air printanier avant de sombrer dans la vase fraîche.

Ta yeule. Tu connais rien là-dedans.

Une deuxième attaque lui serait fatale. Le médecin vous l'avait précisé. *Tant mieux, qu'on en finisse.* Vous songez au maigre héritage. Autrement, vous ne pourriez pas le regarder en face. Votre père n'est plus un visage humain, il est une promesse de jours moins durs, d'un appartement mieux tenu, de meubles, de doses, de tonnes de doses. L'attaque l'a rendu aphasique. Peu importe, il vous a dit l'essentiel le jour de vos seize ans. Sa première femme, le cancer diagnostiqué, sa mort rapide. Sa fille qui avait alors votre âge, les consolations mutuelles, la connerie monumentale, père triste et fille triste. Il accusa l'alcool qu'il buvait alors en quantité, insista que la chose ne s'était produite qu'une demi-douzaine de fois.

J'étais quelle fois ? La première, la cinquième ? Catherine… S'il te plaît.
S'il te plaît quoi, p'pa… Tabarnak !

Tu peux pas savoir comment je me sentais.

Quoi ? J'm'en câlisse comment tu te sentais. J'en ai rien à crisser.

J'aurais pas dû t'en parler.

Non. Ça va. Je savais déjà que t'étais un trou d'cul.

Astheure, je fais juste savoir à quel point tu sens la marde.

Catherine... CATHERINE ! Où est-ce que tu vas ?

Lâche-moé.

Catherine.

Lâ-che-moé.

Il pleut depuis trois jours. Les nuits sont plus fraîches que vous ne l'aviez cru. Mauvais mois de juillet qui vous fait tousser. L'argent commence à manquer. Vous avez faim. Un type qu'on appelle « le chef » vous propose de fumer un truc pour oublier les soucis. Au point où vous en êtes, vous croyez que rien de pire ne peut vous tomber dessus.

La banquette arrière de la voiture de police était plus confortable que le trottoir. Vous aviez parlé avec l'agent qui vous ramenait à Trois-Maisons. Vous devez faire la preuve qu'il y a maltraitance pour sortir de cette maison avant vos dix-huit ans. Votre père ne cogne pas, ne viole pas, ne boit plus. Vous avez eu le malheur de l'affirmer alors qu'un agent vous questionnait sur les raisons de votre fugue. « Ton père, il confirme pas ton histoire d'inceste. Si tu dis la vérité, faudra le prouver. »

Vos douleurs sont trop fortes pour que vous puissiez réagir en voyant la ferme aux deux silos. «Eille, le beu, c'est quoi du *brown sugar,* au fait?»

Jules est accompagné. Trois amigos, qu'il dit. Des bleus, comme lui. Il vous suggère de vous shooter avant plutôt qu'après. Les trois amigos sentent la sueur. Des odeurs fruitées si prononcées qu'elles deviennent âcres. Jules vous explique qu'il a une dette envers eux, et que vous, vous êtes le paiement. Vous regardez Jules avec des yeux à demi ouverts, préférant ses coups de poing à un autre gang bang. «T'es ben chien, mon Jujules... tu veux que tes amigos pognent le sida... moé, ça me dérange pas, tsé.» Jules enfle à vue d'œil, il hurle que vous mentez. Son message passe difficilement auprès des trois autres. Vous souhaitez que les amigos lui cassent la gueule, juste assez pour vous permettre de fuir. Non, ils l'acculent au mur, le menacent, couteau à la gorge, demandent une autre fille. Jules revient vers vous, exige que vous restiez là. Il a affaire à vous dans trois minutes.

Avoir voulu vous tuer, il ne s'y serait pas pris autrement. Vous vous étiez piquée avant qu'il ne revienne. Trois minutes pour fuir, c'était insuffisant. Qu'il vous donne une raclée, ça pouvait aller. Qu'il frappe jusqu'à entendre craquer et vous laisse inconsciente dans un conteneur à déchets, c'était autre chose. Avec vos jambes et votre bras droit cassés, vous n'arrivez pas à sortir. La puanteur vous a déjà fait vomir. L'odeur ou le manque. Un bruit de camion approche. Vous devez crier. *Non.* Vous hésitez. Peut-être qu'il vaut mieux en finir ainsi. Un mauvais moment à passer, un dernier. La trappe de plastique s'ouvre au-dessus. Un sac tombe sur votre bras cassé. «HAAARGHH!» Vous espérez que personne n'ait entendu. «STOP! Y'a quelqu'un dans le *container*!»

Vous êtes certaine qu'il s'agit de la même chambre. Bien que vous soyez dans un autre hôpital que celui où votre père est mort, vous en demeurez assurée. La morphine fonctionne relativement bien. Le manque reste tapi dans un coin sombre de votre esprit. Un bouquet de marguerites entre dans la chambre, un homme le suit. Son visage ne vous dit rien. En posant le bouquet sur votre table à roulettes, l'homme se dit heureux de savoir que vous prenez du mieux. Il porte un collier orné d'une médaille religieuse que vous n'arrivez pas à identifier. «C'est moi qui vous a trouvée.» Vous lisez le badge cousu sur sa poitrine. «Savage. C'est ton nom?» Il fait signe que non, ce n'est qu'une chemise achetée dans une friperie.

Il neige depuis une semaine. Cela faisait des années que vous l'aviez vu. Il s'était mis dans la file avec un pain et un litre de lait sans vous regarder. Il a payé comme si vous étiez une étrangère. *Savage... c'est peut-être mieux de même.* Une vieille à demi ravagée par l'Alzheimer vous tend son billet de loterie. Pas d'autres clients, période calme. Vous le passez sous le lecteur. Le tintement musical est positif. *Reste calme.* Vous véri-fiez le verso du billet. Non signé. «J'ai gagné com-bien ?» Vous regardez la vieille, cœur palpitant, jambes molles. La femme a des yeux gris comme l'hiver. *Pas méchante.* «Un beau dix piasses, madame, z'êtes chan-ceuse aujourd'hui.»

Impossible de dormir. Le billet signé de votre main se trouve sous la fausse semelle de votre botte du pied droit. Vous resterez chaussée ainsi jusqu'à demain. De toute manière, l'appartement est glacial. Les bureaux de la loterie n'ouvriront pas avant neuf heures. Passer la nuit, regarder l'appartement comme une image du présent antérieur. Penser aux possibilités, découvrir que votre imagination n'a jamais contemplé d'horizons si vastes. Se dire qu'un grand voyage serait bien. Résister à cette tentation d'aller à la brasserie du coin, boire, fumer. *Chasing the dragon.* Vous y pensez jusqu'à la douleur, le vieux manque, celui qui pince de la gorge aux cuisses. Vous résistez, vous veillez jusqu'au lever du soleil. Ceci est votre dernière nuit misérable.

Vous aviez besoin de prendre l'air. Votre père neu-rasthénique monopolisait le téléviseur. Des *sitcoms* américaines que vous détestez. Cigarette aux lèvres, vous êtes allée à la maison des vents, persuadée d'y trouver un peu de solitude. «Marc ? Qu'est-ce tu fous icitte, t'es pas en Floride ?» Il explique que ses parents lui ont proposé de rester seul afin de savoir comment il s'en tire. «Un genre de test pour voir si je peux partir en appartement.» Il sort un joint de sa poche, vous propose de le partager. Vous le trouvez beau. «Si jamais tu veux crisser ton camp une autre fois, t'auras juste à venir vivre dans mon appart, tu te feras pas chier.» L'envie de l'embrasser vous saisit. Sentir ses lèvres, sa peau, ses cheveux contre votre visage. S'il était n'importe qui, vous n'hésiteriez pas. *Pourquoi il me gêne autant?*

Savage, le nom lui est resté. Il se hâtait pour ne pas manquer le ramassage des déchets. Vous comprenez qu'il a le béguin pour vous. Il n'y a pas d'autre mot. Pas *kick*, ni désir ni envie. Un béguin entouré de vertu chrétienne et de timidité. Savage vous visite régulièrement, vous offre des muffins qu'il confectionne lui-même. Quand vous serez un peu plus mobile, vous le sucerez entre deux visites d'infirmières, convaincue qu'il ne refusera pas.

L'appartement de Marc est petit et sale. Son colocataire fait pousser de la marijuana dans un garde-robe d'où filtre un éclairage jaune. Votre père sait que vous logez ici. Là est l'entente : il n'appelle pas la police du moment qu'il peut vous joindre. *Moindre mal.* Le sofa défoncé sur lequel vous dormez blesse votre dos. La porte de la chambre de Marc est fermée. Il baise et vous l'entendez gémir. Encore un homme dans la cinquantaine. Un type vaguement obèse et parfumé qui ne semble avoir rien d'autre à offrir qu'un billet de cent dollars. Vous comprenez les raisons de Marc, il vous a tout expliqué : il comble deux besoins de manière simultanée, cul et argent. «Je gagne du temps.» L'homme ventru sort de la chambre, une expression satisfaite au visage. Il ne vous salue pas, enfile son manteau. Le voilà dehors. Marc apparaît dans l'embrasure de sa porte, une cigarette à la main. Il ne porte qu'un caleçon noir. Il vous semble frêle comme une brindille, un visage de femme sur un corps de jeune homme. Marc ne sourit pas, il ne sourit jamais.

Savage n'attendait pas votre bouche. Il n'attend rien de physique pour le moment. C'est votre âme qui l'intéresse. Il y voit quelque chose à rescaper, un cri d'alarme. «Je veux te connaître si je t'embrasse.» *Méchant fucké...* Vous lui expliquez ce que vous êtes en mesure de nommer. La drogue, les clients, les problèmes avec les motards, les bleus, les rouges. Savage s'en fiche. Il dit percevoir en vous une femme fantastique cachée sous des années de violence. Savage semble sincère en disant ces choses. «Tiens, je veux te recycler.» Vous riez.

Votre mère reçoit une amie qu'elle avait connue à l'école. L'amie parle avec un air grave. Elles semblent comploter contre vous. Dehors, les Dubois ont laissé les lumières de Noël allumées. Le sapin dans un coin du salon vous donne envie de pleurer. Aucun jeu d'ampoules colorées, une longue guirlande jaunie, une étoile brisée. Deux petits cadeaux à sa base. Votre mère et son amie fument de longues cigarettes dans la cuisine.

Un brin de conversation parvient à vos oreilles. L'amie parle du père. Votre mère répond qu'il n'y en a pas, qu'il est parti. Vous aimeriez la corriger, lui dire que votre père est au travail, qu'il reviendra pour le souper. Vous arrivez dans la cuisine, heureuse d'avoir trouvé un moyen de vous insérer dans la conversation. Votre mère fixe son regard sur vous, vos pieds figent sur le linoléum. Les iris de votre mère forment deux cercles de chair sans lumière, deux trous profonds, sombres comme un égout.

Du mal à respirer, poitrine de quinze tonnes, toux, crachat épais, fièvre. Le médecin a dit pneumonie. Votre père hurle. Il accuse votre mère de ne pas vous donner les antibiotiques. Vous entendez frapper. D'autres cris suivent les coups. Peut-être est-ce un autre cauchemar enfiévré, peut-être pas. Votre père arrive avec une bouteille remplie d'un liquide jaune crémeux. Saveur de banane chimique. Sa lèvre inférieure est fendue, il a une marque au front. D'une main imprécise, il verse le médicament dans une cuiller. Des gouttes tombent sur votre pyjama. Vous avalez avant qu'une autre quinte de toux ne vous ébranle. La main de votre père contre votre dos. Ses yeux sont rouges et mouillés.

Elle vous avait emmenée en ville pour acheter des vêtements. Station de métro McGill, elle a lâché votre main, a couru droit devant. Son calcul était mauvais. Elle a sauté juste après l'arrivée de la rame. Son long corps a donné durement contre la porte du conducteur.

Elle a rebondi, puis roulé une dizaine de mètres en diagonale, fauchant des usagers à la manière d'une boule de quille. Votre colère était sans nom. Faire une chose pareille. Devant tous ces gens. Votre père arrive à peine à l'urgence. « J'espère qu'elle va mourir, papa. »

Ce soir, vous couchez avec ce garçon, c'est décidé. Il possède une voiture. Secondaire cinq, trois ans plus vieux que vous. Il demande si vous serez seuls. « Oui et non. » Il ne comprend pas. Vous lui caressez l'entrejambe. Pas envie d'expliquer que votre père est en dépression depuis l'enterrement. Vous entrez sans prendre la peine d'être discrète. Le téléviseur joue sans le son, odeur de cigarette et d'alcool. Votre père est avachi sur le sofa, tenu en équilibre par un cocktail d'antidépresseurs et de cognac. Son odeur d'aisselle gravite autour du fond enfumé. Sa dernière douche date d'il y a quatre jours. Vous ne dites rien et tirez le type par la main vers l'escalier. « T'es certaine que c'est correct? J'veux dire, me semble qu'il a pas l'air bien, ton père. » Vous souriez comme si cette remarque était une blague. Vous levez votre jupe, retirez votre culotte. « Tu viens-tu? »

Myriam était gênée de venir à vous. *Normal.* Après vous avoir fait la morale à répétition, voilà qu'elle quémande des conseils. C'est un cadet d'un grade supérieur qu'elle souhaite épater. Un nouveau copain. Ils sortent ensemble depuis un mois. « Tu veux pas attendre, me semble que tu disais que c'est précieux. » Myriam rougit, deux minces taches roses sous ses yeux. «Comment tu fais avec la bouche ?» Vous rigolez, lui mimez une méthode pour éviter les coups de dents, expliquez qu'il faut déglutir pour contrer les haut-le-cœur. «Prends des *popsicles* pour te pratiquer.» Vous allumez une cigarette, jetez l'allumette éteinte sur le plancher de la maison des vents.

Pourquoi lui plus que l'autre ? T'es sortie pendant quoi, un an ?

Un an et demi.

Pis t'as jamais baisé avec... pauvre gars.

J'sais pas, je ressentais pas le besoin.

Pis ton Cadet de l'Air, lui.

Il me fait virer folle.

Avec tout ce que je vais te montrer, c'est lui qui va capoter.

Matin humide, très froid. Le vent. Vos bas de nylon n'arrangent rien. L'effet du *fix* de cette nuit commence à se dissiper. La ligne de coke sniffée avec votre habitué de cinq heures et demie vous fait grincer des dents. Son sperme goûtait l'ananas. Il était propre, ce matin. Une voiture approche. Votre intuition suggère qu'il s'agit d'un policier. Vitre électrique, question. «J'attends un lift.» Il vous offre de monter. Vous n'êtes pas idiote. *La prostitution est légale, c'est la sollicitation qui l'est pas.* Voiture impeccable, sièges en cuir. *Peut-être pas un beu.* Veston, cravate, frais rasé, eau de Cologne de luxe. Il demande une fellation. Vous haussez les épaules. «Ouvre le cendrier.» Deux billets de vingt dollars. Tête penchée, aucune odeur, un gland lisse. *C'est un bon matin.*

Les motards étaient mieux. Les motards étaient des barbares. Ceux-là, ce sont des sauvages. Jules vous avait dit qu'il y aurait une fille pour deux gars. Ils sont dix, vous êtes deux. Rien à faire sinon sucer ce qui arrive à la bouche, ne pas serrer le cul, prier qu'ils mettent des condoms, faire mine d'aimer ça, ne pas leur laisser ce qui reste de vous, jouer la superpute, l'insatiable, sucer deux queues en même temps, juste pour le plaisir de les frotter l'une contre l'autre et de traiter leur propriétaire de tapettes par la suite. Rester au-dessus de votre corps, à l'étage de la maison des vents, là où vous fumez une cigarette, calme spectatrice d'un champ qui s'étend sans effort.

Un peu de tout, mais pas de VIH. Vous auriez presque aimé le contraire. Les positives, ils les jettent, peu importe leur dette. Vous avez plusieurs pilules à prendre et votre entrejambe produit de sinistres odeurs. C'est une bonne chose. Vous avez besoin de repos. Rester tranquille dans votre un et demi mal chauffé, regarder des téléséries en rafale, vous convaincre que dans la fiction, la vie finit par avoir un sens.

Vous étiez certaine que Myriam y arriverait. L'image ne ment pas. Son visage n'a presque pas changé. Toujours le même air sérieux, frondeur. Sa queue de cheval flotte derrière sa tête, presque rectiligne. Le journaliste affirme que leur mission se déroule sans anicroche. Vous aimez ce mot, il vous rappelle Annie et ses combines idiotes pour extorquer de l'argent à votre souteneur d'alors. «Anicroche, ça lui aurait fait un bon surnom.» Un dernier coup d'œil dans le miroir. Éteindre le téléviseur. Votre quart de travail au dépanneur commence dans dix minutes.

Annie et vous, soûles, défoncées au crack, nues, l'une contre l'autre, blotties comme des fillettes. Vous n'êtes pas lesbienne. Vous couchez avec elle parce qu'elle est une amie. Pour l'affection, pour avoir un corps tout près qui réclame si peu, pour avoir de la peau sans guerre. «Ça fait longtemps que je veux te demander ça... ton tatouage dans le cou... c'est pourquoi?» Un jour, vous le lui direz.

Annie ne va pas bien. Surdose et client fou. Le mélange des catastrophes. Vous croyez qu'elle est consciente. Son œil droit vous fixe. Sa main serre la vôtre. «Écoute... le *tatoo*... je vais te le dire...»

Carl a rapporté trois couleuvres vivantes. Vous et Marc profitez des effets des champignons magiques avalés il y a une heure. Fin de journée à l'étage de la maison des vents. Carl vous regarde avec un air malin. Vous le soupçonnez d'avoir consommé autre chose. Il propose de faire un collier avec ses couleuvres. Vous n'en croyez rien. « Si tu fais un collier, *man,* j'vas tellement le porter ! » Carl sourit. Il assomme les serpents, frappe leur tête contre un cadre de fenêtre, comme s'il maniait un fouet. Les couleuvres ne bougent plus. Il presse une tête pour que la bouche s'ouvre, y enfonce la queue d'une autre couleuvre, répète le geste à deux reprises. « Tiens. » Un frisson traverse vos nerfs au contact des serpents froids sur votre nuque. Marc vous regarde avec fascination. Carl sourit bêtement. Vous sentez les écailles une à une, comme si elles fusionnaient avec votre peau. Marc s'approche. « Wow, t'es parfaite. »

Annie sourit difficilement à votre histoire. Elle doit aller à l'hôpital. Les secours n'arrivent pas. Son œil remonte vers le front. Ses doigts ramollissent. « Annie… ANNIE ! » Vous allez à la fenêtre. Aucune ambulance en vue. Elles sont lentes dans ce quartier.

Savage est debout contre la porte. Il est fort. Impossible de la défoncer. Votre épaule élance. *Disloquée…* Votre main essuie la bave qui mousse à votre bouche. L'essoufflement a calmé le manque. Votre bassine est remplie de merde. L'odeur est insupportable. La faim n'est pas revenue. La douleur aux muscles ne disparaît pas. Vos cellules sont des bombes myalgiques, elles éclatent, se reconstruisent, puis éclatent à nouveau. Savage vous parle. Il demande si vous vous êtes calmée, si vous avez soif. Vos jambes remuent d'elles-mêmes sur le tapis de la chambre, elles vous chargent d'électricité statique. Vous touchez la poignée métallique, le choc produit un petit éclair bleu. Vous n'arrivez pas à parler sans gémir ou crier. « Cinq jours, pis ça va être fini, Cath. Tasse-toi s'te plaît. Je t'apporte de l'eau. »

Les heures sont des jours qui ne dorment pas. Le lit, les ressorts saillants, les jambes qui bougent, les crampes. Un film dans la tête. Vous le tuez. Il entre avec son foutu sandwich au pain blanc et vous le tuez. *Non, non, je pourrais pas... j'suis trop faible... y faut que je fasse ce qu'y dit... il faut...* Vous hésitez. Savage est-il pire qu'un souteneur ? *C'est écœurant ce qu'y me fait vivre...* « SAVAGE ! HOSTIE DE TROU D'CUL ! LAISSE-MOÉ SORTIR ! »

Ciel bleu, neige fondue, poussière et bouc. Combien de temps êtes-vous restée dans cette chambre de torture ? Votre peau est si pâle qu'elle laisse paraître vos veines. Des passants vous dévisagent. Savage vous tient par le bras comme si vous étiez une infirme. Le tour du bloc, une petite marche, de l'air. Des enfants vous pointent du doigt. Au retour, Savage vous mène à la salle de bains. Le miroir est recouvert d'une serviette. La baignoire est déjà remplie. Éponge au dos, aux aisselles, sur le cou. Il vous laisse les parties intimes, shampouine vos cheveux. Il vous aide à vous lever, vous tend une serviette. Un pied hors de la baignoire, main dans la main avec Savage. Regard dans le miroir. « Oh mon Dieu ! » Des cheveux blancs sont apparus au toupet et aux tempes, vos muscles ont disparu, les os de vos coudes pointent comme des triangles. Vous avez pris dix ans. Vos yeux sont ceux d'une enfant triste.

Votre peau ne peut plus remonter, aucune technologie n'y parvient. Vous assumez. Les miroirs vous ont déjà renvoyé de pires images. Vous repassez vos souvenirs de voyage à l'holocran. Votre conjoint remarque l'aspect flou de votre vue. Les corps sont nimbés, les formes adoucies. « T'as pas une vision parfaite ? » Vous le savez depuis longtemps. Vous refusez les corrections de la cornée. « J'ai vu des choses tellement dures, il fallait qu'elles aient l'air douces pour être endurables. »

Chaleur d'étuve, odeurs d'épices et de viandes rances. Le désert file par la fenêtre du train bondé. Vous êtes partie depuis deux ans. L'argent continue d'apparaître chaque mois dans votre compte. Aucun autre Blanc dans ce wagon. Un homme veut vous vendre une montre, vous le chassez de la main comme s'il était un insecte. Une femme asiatique échange un coupe-ongle contre une poignée de monnaie. *Qu'est-ce que je fais ici ?*

École secondaire, cours d'économie, cheveux tortillés au bout de l'index. L'été arrive, l'école achève. Vous n'avez pas lâché. Vos notes sont basses, mais suffisantes. Vous songez au diplôme, à votre robe de bal.

Marc vous a promis un toit dès que le moment serait venu. Encore quelques semaines. Les rumeurs persistent à votre sujet. Certains ont parlé. Les toilettes, l'argent. Un étudiant au nom qui vous échappe est venu vers vous entre les cours, vous a glissé à l'oreille qu'il avait quarante dollars et une capote. *Il reste juste trois semaines.* Vous lui avez dit de venir dans le boisé sur l'heure du dîner. Il vous regarde avec un air d'éjaculateur précoce.

Vous aviez cru que l'âge vous épargnerait les sévices sexuels. Ce fut pire, ils vous ont gardée pour les sansgrades. La case de terre sèche garde une odeur de viande faisandée, la poussière colle à la sueur de votre peau. Ils vous tueront, vous en avez la conviction. Vos poignets restent liés à un poteau par un fil électrique dégainé. Ils vous tripotent, vous pénètrent, engloutissent leurs glands couverts de smegma dans votre bouche, votre vagin, votre anus. Certains urinent sur votre visage. Vous ouvrez la bouche, il n'y a rien d'autre à boire. Vous ne ressentez rien, votre conscience s'est retirée de vos sens, vous êtes une stase, une vieille poupée de chair qui attend que la vie se retire.

Vous avez compté deux nuits. Ce repas est le premier qui vous est présenté. De la bouillie de millet qui goûte la terre. Vos mains sont déliées. La douleur aux muscles vous rappelle les sevrages. Bouger lentement, porter doucement cette boue nutritive à vos lèvres. Boire de cette eau brune probablement plus toxique

que l'urine et le sperme des miliciens, vous en remettre aux nanobodies. C'est un jeune garçon qui vous surveille, il tient un vieux fusil en bandoulière. Neuf ans, peut-être dix. Il était présent lors d'un des viols de groupe. Ses yeux hésitaient sur le corps à dévisager. Son oncle. Vous. Son oncle. Vous. «Vieille femme, tu as des enfants?»

Le moniteur cardiaque suggérait cette issue. Petit cœur trop rapide. *C'est la drogue, c'est ma faute.* Un sombre médecin vous demande pourquoi vous n'étiez pas venue passer les tests requis. Silence, plafond suspendu, bourdonnement des néons. Le médecin vous laisse le choix : césarienne ou voie naturelle. Votre manque couve une radieuse colère, une guerre contre vous. Vous souhaitez le sortir de vos entrailles, pousser sans relâche, avoir mal, expulser ce fils de personne qui n'aura jamais existé.

«Mon bébé… il était mort quand j'ai accouché.» L'enfant au fusil ne vous croit pas. Il dit que c'est impossible dans les pays riches. Ses yeux sont des trous noirs. Ils vous avalent, vous émiettent, une molécule à la fois. «Finis de manger, vieille femme.»

Encore les hommes, les pires. Votre sexe est rempli de sperme. Les quinze derniers ne font que se frotter dans la semence des autres. Vos mains sont encore attachées. Vous ne savez plus depuis combien de temps vous êtes ici. Chaque jour vous vieillit d'un mois.

Moi, c'est ma maman qui est morte quand je suis né.
Et ton père ?
L'enfant au fusil roule une salive dense et crache un postillon au sol de la case. Un geste d'une ampleur sans égale dans ces terres aux sources taries.
Mon père... Mon oncle l'a tué, ce chien.
Pourquoi ?
Parce que c'était un sale chien, un sans-courage.
Adama, de quoi tu parles à la vieille ?
Du sale chien.
Vous regardez l'oncle, grand et mince. Des mains d'aristocrate. Il ne vous viole qu'en privé. Vous comprenez qu'il est votre garde. C'est lui qui vous apporte l'eau et la nourriture.
File dehors, j'ai affaire avec elle.

L'échange était bon. Liberté en retour d'un sauf-conduit pour lui et l'enfant. Vous avez quitté la case au milieu de la nuit. Passé la frontière en Jeep solaire. Troqué le véhicule volé contre un très vieux camion diesel converti à l'huile. Vous avez roulé dans le sable, l'enfant couché sur vos jambes maigres. La radio diffusait des informations, bulletin de guerre, 25 mai, votre anniversaire. Vous avez été otage pendant plus d'un mois. *Soixante-dix-huit ans...*

Le bateau semble petit tant la foule est immense. Un attroupement grand comme une ville de chair, comme si l'Afrique entière demandait l'évacuation. L'enfant auprès de vous, main tiède dans vieille main. L'oncle a disparu il y a une semaine alors qu'il cherchait de l'eau dans les rues de Dimbokro. Pas de police, pas de recherches, partir, rejoindre le port, le bateau. Un groupe de soldats de la coalition armée vous scannent. Vos nanobodies servent de passeport. Embarquement automatique pour les membres du Parti. Le droit d'être accompagné d'une seule personne. Vous le saviez dès le début. Le bateau réservé aux croisières à une autre époque, maintenant converti pour les déplacements de populations. Le mot *Hope* en lettres noires sur sa coque jaunie, le visage ébahi d'Adama. Sitôt à bord, vous tentez de joindre Carl Riopel, communication personnelle. Vous priez qu'il vous ait gardée sur sa liste d'urgences.

Tempête sur l'Atlantique Nord. Adama est terrorisé. Il a vomi sa dernière ration. Les maladies sont nombreuses à bord. Un officier de garde vous informe qu'ils appliquent les mesures disciplinaires aux ponts inférieurs. «Des illégaux qui ont volé des visas de déplacement.» Avant votre départ en mission humanitaire, vous aviez lu une motion qui menaçait de mort ces individus, interdiction de transfert irrévocable, condamnation à l'oubli et aux terres sèches. Vous étiez d'accord avec cette proposition. « On peut pas sauver tout le monde. »

« Catherine, Catherine... J'ai vu des gens sauter dans l'eau...» Adama est très faible. Il ne garde aucune nourriture. Vous n'osez pas lui dire qu'il s'agissait de cadavres. Vous revoyez les images d'un vieux film sur le transport d'esclaves, il y a trois siècles. Des corps noirs, enchaînés aux chevilles, jetés à la mer comme un chapelet de saucisses avariées. Vous aimeriez avoir une impression de compassion, un brin de sympathie. *C'est plus possible.*

Adama tremble. Sa peau se décolore de jour en jour. Il n'a rien bu depuis hier soir. L'infirmerie est réservée aux détenteurs de visas contre-vérifiés ainsi qu'aux membres du parti dont les nanobodies auraient lâché. Sa main frêle reste calée dans la vôtre. Un peu de sérum l'aiderait. En tant que membre donatrice du parti, vous pourriez tirer quelques ficelles. Rien à faire, cette idée ne se transforme pas en action.

Terre-Neuve, zone de quarantaine. Un simple rapport de vos nanobodies et vous êtes autorisée à entrer sur le continent. Adama a lâché votre main. Ses lèvres sont desséchées. Il a réussi à garder quelques gouttes dans les dernières vingt-quatre heures. *Peut-être qu'il s'en sortira.* Les responsables du triage vous ont proposé de l'accompagner. Il dormait d'un sommeil tendu. Petit corps habitué aux soifs sans fin. Vous l'avez regardé avec une lenteur africaine. Vous avez inspiré par le nez. « Non, il va se débrouiller. »

Votre mère a pété les plombs. Normalement, c'était l'indifférence, cette fois, ce fut la raclée. Elle pleurait en cognant. Vous aviez mal. Au terme de sa rage, elle s'est effondrée comme une danseuse, un lent mouvement de robe, une cloche qui s'affaisse. Elle a répété vouloir mourir en frappant son visage. Pourquoi portait-elle une robe ce jour-là ? Une robe à jupon d'un autre siècle, un siècle que vous n'avez pas connu. Elle était là, au sol, immobile. Votre nez saignait, un de vos yeux était occlus, votre sexe suintait le sperme des miliciens. L'oncle d'Adama. Votre mère. L'oncle. Votre mère. Vous vous réveillez. Plafond clair, nimbé. Carl Riopel vous demande si tout va bien. C'est aujourd'hui, l'envoi des mémoires à Marc, la nouvelle technologie.

LE TALISMAN DE POUSSIÈRE

*Marc Riopel est assailli par les souvenirs
de son autre amie d'enfance, Myriam Dubois*

Il y avait eu l'Atari 2600, le Commodore 64, le Macintosh, le Nintendo, le télescope, les Cadets de l'Air. Ces récompenses sont des broutilles en comparaison de l'engin qui sort du garage. Votre père roule le module à deux sièges entre les voitures. Vous apportez l'aile de toile d'un jaune éclatant. Il vous répète que l'appareil lui appartient. Souriant comme un gredin, il ajoute que vous pourrez l'utiliser quand bon vous semblera. Liberté totale, voler, tout l'été, la rue de Trois-Maisons sera votre piste. Votre père fixe l'aile sans difficulté. Vous regardez l'appareil. Votre poitrine se gonfle. La fierté, sans borne.

Le maïs est haut, une fois et demie la taille d'un homme. D'ici, il semble à peine plus long que les blés et le sarrasin des champs voisins. Vous appuyez sur le manche. Le moteur bourdonne comme un insecte mécanique. L'altitude diminue, vous redressez doucement, ne pas trop demander aux ailes de toile, décrire un arc souple. Les plus hautes inflorescences des plants touchent presque aux roues de l'ULM. Mettre les gaz, pousser à fond, une centaine de kilomètres à l'heure en rase-mottes. Rapide coup d'œil vers la gauche. Sur le toit de la maison des vents, Carl, Catherine et Marc sont debout, les bras levés. Cris de joie, sourires.

Une blancheur de lait parsemée de lignes diffuses, fines comme des traits au graphite sur un marbre. Les dessins glissent et tanguent suivant votre rotation. Le soleil est passé sous vos jambes. Vous augmentez la vitesse pour le vol en inversé. Le lac gelé, trois kilomètres plus bas, laisse paraître de vastes surfaces libres de neige ; des apparitions inégales, gris de vitre, miroir sans reflet. Plus loin, la piste est un ruban dessiné au centre du réel. Léger mouvement du poignet. Revenir, descendre, toucher le sol.

Une femme en longue jupe grise, croix au cou, coiffure en nattes, cheveux roux avec repousse grise. Elle écrit des formules mathématiques au tableau. Le voisin de pupitre pèle une orange. L'effluve est un brouillard acide qui vous éveille. La solution du problème au tableau est $a = 14$ et $b = -9$. Main levée. « Myriam, on t'écoute. » La réponse est exacte. Le voisin avale un quartier d'orange. Il porte un t-shirt Metallica couvert d'éclairs. La femme vous demande d'écrire la démonstration au tableau. Cette impression de perdre votre temps, crissements de craie volontaire, des étudiants geignent, vous appuyez plus fort. « *Come on,* Myriam, arrête!» Vous songez à la navette Columbia, mission STS-52. Coup d'œil par la fenêtre où le ciel se dégage. Vous pourrez repérer l'orbiteur avec le télescope cette nuit. «Merci Myriam, excellent. Tu peux retourner à ton pupitre.»

Ils sont là, tous éméchés. Vous restez sobre, comme d'habitude. Ce matin, Marc a livré un brillant exposé dans le cours de français. S'il se concentrait, s'il évitait les drogues et mettait un peu d'ordre dans sa tête, il aurait le monde à ses pieds, vous en êtes certaine. Vous regardez Catherine qui regarde Marc. Vous ignorez comment il s'arrange pour ne rien voir. Elle l'aime depuis des années. Si elle couche avec tant d'autres, c'est une manière de vivre avec ses désirs pour lui, son impossible. *Pourquoi elle lui dit rien... elle se gêne jamais avec les autres... Je te comprends pas, Cath...* Bien qu'il n'y ait rien d'officiel, cette réunion dans la maison des vents porte l'aura d'une dernière fois. Marc partira bientôt en ville. Il a choisi les sciences humaines. Vous savez qu'il vaut mieux que ces études sans avenir. *Il va surtout en ville pour se péter la face...*

De la bière, un camion de bière. Vous n'en boirez pas une goutte. Si quelqu'un a le malheur de vous y forcer, ce sera le procès. Vous regardez ces aspirants ingénieurs avec dédain. Un type de votre ancien collège cale deux verres de bière à l'entonnoir. Une fille embrasse son sixième homme de la soirée. Un étudiant français vous a glissé qu'elle lui avait roulé une pelle.

Expression dégoûtante. Vous tâtez vos clés de voiture. Quitter cet endroit semble une bonne idée. Trois mâles éméchés vous traitent de *straight,* de bâton dans le cul, de pas dans la *gang.* Vous leur lancez votre regard meurtrier, ces yeux qui percent les âmes. Ils reculent et retournent vers le camion de bière. Effrayer les imbéciles demeure une activité agréable.

Dans la piscine, sans flotteurs aux bras. Votre père reste au milieu du rond d'eau, profond d'à peine un mètre vingt. Motif de bulles bleues au fond, un océan, un abysse. Vous battez des bras et des jambes. Peu importe. Votre tête s'enfonce, ne pas respirer, bouger les bras, les jambes. *Papa...* Ne pas avoir peur. *Papa...*

Thompson vous signale un problème d'alimentation en oxygène. Vous basculez vers le réservoir 2. Il y a un problème, l'air n'entre plus. Vous avez une minute et demie pour sortir de la combinaison avant l'asphyxie progressive, la perte de conscience, les dommages cérébraux. Vous savez qu'il s'agit d'un autre test. Rien de grave ne peut se produire, vous êtes protégée, vous en êtes certaine.

Une main sur votre avant-bras. Elle tire vers le haut. De l'air entre dans vos poumons douloureux. Votre père demande comment vous allez. Vous ne toussez pas.

« J'ai pas respiré dans l'eau, papa. » Il vous offre de reprendre vos flotteurs. C'est hors de question.

La batterie est normale. Vous ne parlez pas pour ménager l'oxygène résiduel. Si vous étiez à besogner sur la station spatiale, vous devriez focaliser votre attention sur le retour. La plateforme d'immersion n'est pas loin, vous avez flotté vers elle dès l'apparition du problème. Chemin faisant, vous basculez rapidement le commutateur de pression d'une position à l'autre. *Un peu de zigonnage, ça peut aider...* Vos oreilles se débloquent comme si vous descendiez de cent mètres en une seconde. L'air revient, la pression se stabilise. Thompson est épaté par votre solution illogique. Il vous sort néanmoins de la piscine d'entraînement pour faire examiner votre combinaison. Ce problème n'était pas un test. Visière levée, vous souriez. Votre électrocardiogramme est resté stable au cours de l'opération. Thompson vous traite de robot.

Un raisin mal avalé. Votre main à la gorge. L'air ne passe pas. Vos nanobodies ne peuvent agir. Tousser est inutile. Impossible de crier. Vous devez trouver un moyen de vous faire la manœuvre de Heimlich. Vous placez votre poing gauche sous le plexus, la jointure du pouce pliée. La main droite frappe, à la manière d'un marteau. L'effort est terrible. Votre vitalité baisse, l'énergie diminue. *Il faut.* Un dernier coup, vif, solide. Le raisin se déloge et s'écrase contre le mur. Vous vous laissez choir au sol, le souffle mince. Vous caressez la surface de votre bracelet. *Merci, merci.* Des cris viennent de la chambre. Vos filles se sont réveillées.

La nouvelle surface de rétention fait des merveilles. La couche de terre reste en place sur le toit, les couvre-sol s'étalent à vive allure depuis le mois dernier. Les bacs à légumes produisent sans mal. Le collecteur de pluie a rempli vos réserves sanitaires. Maintenant, il emmagasine l'eau pour les irrigations périodiques. Anna remplit le bac où pousseront des laitues d'automne. Elle est douée. Ses mains fines rappellent celles de son père.

Fin du premier terme de la mission. Trois mois de passés. Vous faites une accolade à Lonchakov qui retourne sur Terre. Le nouvel occupant décharge ses effets dans le module Zarya. Vous connaissez son dossier au complet. Selon l'agence spatiale, son profil psychologique s'amalgame au vôtre avec une rare acuité. Il vient tester une théorie sur le vieillissement cellulaire en apesanteur. Lonchakov vous murmure quelques phrases dans un français impeccable. Deux baisers aux joues. « *Прощание, мой брат.* » Il vous fait un sourire d'enfant sage, cligne des deux yeux, à la manière d'un double clin d'œil. Vous l'entendez saluer chaleureusement son compatriote, toujours dans le Zarya. À votre côté, Poindexter flotte, bras croisés, l'œil rêveur. Le nouvel arrivant passe l'écoutille. Son odeur le précède. Votre cœur augmente sa cadence. *Comment quelqu'un qui est en orbite dans un Soyouz depuis deux jours peut sentir aussi bon ?* Ce n'est pas l'endroit pour s'attarder à ces détails.

Les mains de cet homme. Vous ne pouvez faire autrement que de les regarder. Une délicatesse inouïe, une finesse millimétrique au moindre geste. Comme si ses doigts obéissaient à une chorégraphie peuplée d'élégants calculs. «La Lune, ce n'est pas avant cinq ans, Myriam.» Vous revenez à votre sens pratique. Votre visage se referme comme une écluse. Le sens de la remarque de Stanisław vous échappe. «C'est bien une expression française, être dans la lune?» Vous souriez. Quelques incontrôlables saillies. Un bonheur authentique, irrattrapable. Stanisław inspire profondément sans interrompre sa tâche, paisible, flottant. *Pourquoi lui? Pourquoi ici?* Les mois qui suivent seront difficiles.

Dans votre quartier privé, lumière allumée. L'envie de prendre un bain ne vous quitte plus depuis trois semaines. *Les lingettes...* Vous remarquez à peine les particularités de votre petit espace. Les murs blancs légèrement capitonnés, les appareils de régulation, le haut-parleur en cas d'alarmes, l'ordinateur fixé à ce mur qui pourrait être le plafond ou le plancher. Vous frottez votre peau sans entrain. Cette incapacité à bien décrasser votre derrière vous énerve. La touffeur de vos poils pubiens vous décourage. *Les aisselles, ça peut aller... mais ça...* Vous songez au *clipper* à vacuum dans le module Columbus. L'utiliser toutes lumières éteintes, à l'abri des caméras.

Les psys de la NASA vous avaient parlé de la chose. Hygiène sexuelle, c'était le terme employé. Vous avez un machin à pile, conçu scientifiquement pour stimuler les zones sensibles, encore dans son emballage stérile. Vous vous demandez quelle babiole ils ont donnée aux mâles. *Quelque chose qui récupère la semence. Un truc vacuum. À moins qu'ils ne le fassent dans le tube à pisse.* L'horaire du jour assigne votre quart de travail à la gestion des matières résiduelles. *Sortir les vidanges.* Vous croisez Poindexter qui pédale depuis une heure avec un air neurasthénique. Il regarde un enregistrement du *talk-show* de David Letterman. Stanisław s'est retiré dans ses quartiers. Vous l'imaginez plongé dans la lecture d'un livre numérique en écoutant du Shostakovitch. Avec une aisance devenue intuitive, vous glissez de module en module comme une locomotive à déchets. Le Progress arrimé à Pirs est presque rempli, prêt à brûler dans l'atmosphère. Les trois sacs qui flottent derrière sont les derniers. Les vivres arrivent demain. On vous a promis une nouvelle génération de ragoûts et des fruits séchés plus savoureux. Vous entassez les sacs dans la partie sphérique du Progress en chantonnant *Beds Are Burning,* dont la quasi-totalité des paroles vous échappe. Vous réalisez l'un de vos rêves depuis cinq longs mois. *La Lune, ce sera tellement mieux.*

Votre chambre remplie d'affiches. Vous écoutez le top cent de l'année, armée de deux cassettes vierges avec ruban chrome Type-II de 60 minutes. Vous attendez les chansons valables, l'index sur le bouton *record*. Ne rien manquer. Vous détestez quand la voix de l'animateur chevauche les débuts ou court-circuite les fins. La numéro un approche, vous l'enregistrerez, par respect pour sa position. La poudrerie engloutit Trois-Maisons, effaçant le sol et le ciel. L'œil à la fenêtre, vous avez l'impression de flotter dans un univers sans couleur.

« *The time has come / To say fair's fair / To pay the rent / To pay our share / The time has come / A fact's a fact / It belongs to them / Lets give it back / How can we dance when our earth is turning / How do we sleep while our beds are burning.* » Vous sortez la tête de Pirs. C'est Stanisław. Il connaît les paroles et chante juste. Son accent biélorusse ne rend l'exécution que plus charmante. Vous souriez sans retenue. Vos regards glissent l'un vers l'autre. Vous comprenez. Il fait trop sombre pour que les caméras captent tout. Le désir fait mal. *OK, non. Il faut attendre. Pas ici. Patience. Patience.*

« Myriam, câlisse ! Toutes les autres le font. » Vous lui expliquez, vous n'êtes pas ces autres. Ce garçon sort avec vous précisément parce que vous n'êtes pas comme les autres. Il insiste, proche d'une certaine colère. Vous négociez pour la main, sans plus. Et hors de question qu'il vous touche. Il s'étend, vous dégrafez les cinq boutons de son jeans, baissez son caleçon. Il demande que vos cheveux touchent ses testicules. Vous le regardez, mi-sévère, mi-sympathique. « OK. » Il remue comme si vous lui induisiez d'infimes décharges électriques. Votre main serre et secoue le prépuce. Les pointes de vos cheveux frottent sur son scrotum. Selon Catherine, vous devriez être excitée en le branlant.

J'ai jamais tripé sur ça.

Ça t'écœure ?

Un peu.

T'es peut-être pas avec le bon gars.

Tu penses ?

T'es peut-être aux filles.

Non, yark ! Jamais dans cent ans.

Votre copain tressaille plus vigoureusement. Il gémit, se tortille. Vous écartez vos cheveux pour ne rien recevoir. Quelques gouttes blanches, une mince coulée chaude sur votre pouce. Son sexe s'empâte dans votre paume. Vous le regardez longuement. Sa tête, cette manière insatisfaite de vous observer. *C'est clair.* « J'pense que j't'aime pus. »

Sapin, lumières clignotantes, repas trop salé, famille réunie autour d'une table. Votre grand-mère commente à nouveau votre célibat. Elle porte une blouse dorée et un ruban rouge aux cheveux. Son maquillage ne masque plus ses rides de fumeuse autour des lèvres. Votre mère, excédée, explique qu'avec vos études, vous ne pouvez pas vous préoccuper des amours. La grand-mère n'écoute rien, elle parle des petits-enfants qu'elle n'aura pas, du peu de temps qu'il lui reste sur cette terre. « À son âge, j'avais déjà trois enfants, moi. »

Vous regardez votre mère, lui faites comprendre que vous ne répondrez rien, par politesse. Vous espérez qu'elle suivra votre exemple.

Pâques dans la boue froide. Vos souliers miraculeusement blancs sont trop grands d'une pointure. Du papier journal froissé au bout vous permet de marcher sans les perdre. Votre père vous a escortée jusqu'à la voiture plus tôt que prévu. L'habitacle sent l'humidité terreuse depuis le dégel. Votre mère sort en trombe de chez votre grand-mère, le visage tordu. Elle retire ses chaussures blanches, les lance vers la porte. Votre père la retient par les bras. Ils restent ainsi quelques secondes, immobiles comme des arbres. Votre mère se retourne, incline la tête, se presse contre la poitrine de votre père. Ils reviennent vers la voiture. Vous aimeriez leur parler du lapin en chocolat oublié dans la maison. *Non.*

Vous sortez en furie de la clinique de fertilité. «Incompétents d'imbéciles de connards de marde.» Stanisław navigue dans le sillage de votre colère, il ne laisse pas plus de deux mètres vous séparer. Vous marchez près d'un demi-kilomètre en vitupérant, l'esprit acide. C'était connu, les statistiques ne jouaient pas en votre faveur. De la soixantaine de femmes ayant été en orbite, seule une douzaine avait mené une grossesse à terme. Vous arrêtez. Il y a un banc, vue sur un étang artificiel où trois cygnes flottent, nonchalants.

Stanisław, assis à votre côté. Sa main si parfaite se pose sur la vôtre, fermée, les ongles dans la paume. «Il faut être patient… ils vont trouver une solution, un jour… ils trouvent toujours une solution…» L'envie de hurler n'a jamais été aussi puissante. Vous souhaitiez, vous aviez cru. Vos poings sont des roches, vos yeux, des déserts.

Marc l'a fait en premier. Une nuit très humide de juin. Vous espériez que la température s'améliore pour votre tour. C'est pire, il fait plus chaud, vous avez l'impression de boire l'air. La maison des vents ne vous effraye plus. Elle est un terrain connu, vous y jouez depuis longtemps. L'idée d'y dormir une nuit vous paraissait futile. Marc y tenait, Catherine et Carl avaient été emballés. C'était un cas de démocratie triomphante. Vous déposez votre sac de couchage sur le plancher de l'étage, au pied de la poutre gravée MMCC, initiales du groupe par ordre d'âge : Myriam, Marc, Catherine, Carl. Votre insomnie éventuelle ne fait aucun doute. Vous ne dormirez pas longtemps. Mais dans cette nuit sans lune ni nuage, votre télescope est un compagnon.

Jupiter est cristalline cette nuit, ses bandes gazeuses, la grande tache rouge. Tout cet hydrogène, d'abord brouillard gazeux tourmenté d'éternelles tempêtes, qui devient graduellement liquide, un océan total aux crêtes mouvantes qui s'enfoncent jusqu'à la phase métallique, chaude comme un soleil caché, d'une sphère pas assez massive pour rayonner. Comme toutes les planètes,

Jupiter est déduite, calculée, impossible à vérifier, tout comme la Terre et son centre. Vous rêvez d'approcher ce monde. Poser un pied sur l'océan glacé d'Europe. Aller où l'univers est une idée à prouver.

Projet d'économie, sixième année. Un truc débile, selon Marc. Les coûts d'une mission spatiale vers Europe en 2030 avec une inflation moyenne de 1,8 % par année. L'imprimante laser crache vos papiers gorgés de graphiques. Vous y avez ajouté des designs d'engins pour agrémenter la présentation. Le vaisseau ressemble à une version améliorée de Mir. Immense bric-à-brac technologique de couleur gris pâle. Dix-huit mois pour l'aller, base sur Europe, expériences scientifiques, retour après un mois d'exploration. « Et puis, combien ça coûterait ? » Votre père, son sourire, l'épaule appuyée sur le cadre de porte du bureau. Vous lui montrez votre chiffre. « Tu penses que ça va arriver un jour, ma grande ? »

Le site de l'agence spatiale a affiché la nouvelle ce matin. Un nouveau concours, le premier en dix ans, votre unique chance. Les tests sont au-delà de ce que vous avez connu. Vous ne devez pas être excellente, vous devez être la meilleure. *Je peux le faire.* Vous passerez vos soirées à la piscine, votre forme physique doit être sans faille. *Tant pis pour lui.*

Votre cellulaire vibre dans votre sac. Vous le voyez trembloter sur le banc, à côté de votre serviette. Lunettes baissées, ajustées pour éviter la buée. *Cinquante longueurs, minimum.* La ligne au fond de la piscine, le contact du mur, retournement, nage dauphin, étirer le souffle, rester sous l'eau, pousser l'effort. Des images de votre copain polluent votre concentration. Il vous fait une scène par semaine depuis l'ouverture du concours. Il ne peut participer, trop grand de trois centimètres pour les combinaisons spatiales. Il avait découvert ce critère à l'annonce du concours. *Tant pis pour lui.*

Marche rapide dans les rues glacées. L'appartement n'est pas éloigné du campus. Sunset Rubdown au volume maximum sur le iPod. Vous pensez à votre séminaire de tectonophysique, votre copain envieux, l'entraînement, les prochaines évaluations de l'agence spatiale. Quelqu'un vous pousse avec force dans le bas du dos. Après un bref vol plané, vous tombez sur l'asphalte gelé. Écorchures aux genoux, aux coudes, ecchymoses. « Fuck, c'est quoi l'idée ? » Votre iPod s'est brisé en touchant le sol.

« Mon Dieu ! Êtes-vous correcte, mademoiselle ? » Un vieil homme appuyé sur une canne. « Le jeune Noir, il vous a sauvé la vie. » Vous tournez la tête. Un corps est étendu au milieu de la rue. Un camion de déneigement, immobile. Son conducteur en état de choc. Votre cellulaire vibre dans votre sac.

Vous appelez des secours. À l'œil, vous évaluez si vous pouvez aider ce corps inerte. Pas de pouls, le cou tordu, les yeux ouverts. Le vieux hoche la tête, horrifié.

Qu'est-ce qui s'est passé ?

Il a crié… Vous avez pas entendu ? Il a couru pour vous pousser, pis là, il s'est fait ramasser… Y'est-tu mort ?

Je pense que oui.

Vous le connaissez ?

J'sais pas, je crois pas.

Vous accompagnez le corps à l'hôpital. Vous avez vérifié son portefeuille avant l'arrivée des ambulanciers. Un étudiant au bac. L'ambulancier demande pourquoi vous tenez à venir. Vous ne répondez pas.

Sa mère est grosse comme une île. Son accent créole donne l'impression qu'elle parle une autre langue. Vous pressez sa large tête au creux de votre épaule. Il s'appelait Sauveur Jean-Louis. Vingt et un ans, depuis la veille.

«Il suivait des cours à vous… Il parlait de vous, madame. À la maison, il parlait souvent de vous. Il voulait aller dans les étoiles, mon petit garçon… Il disait que vous étiez capable. C'était comme les étoiles pour lui.» La cafétéria de l'hôpital est déserte. Le café ne goûte pas le café. La tristesse de la mère se situe au-delà du choc. Une lente stupeur, une tragédie sourde. «Vous savez, j'ai quatre enfants, moi. Mon petit Sauveur, c'était le plus intelligent. Il a toujours été bon, il a toujours agi pour faire le bien. Alors, s'il est mort pour vous, je me dis que c'est parce qu'il croyait que c'était bien.» Votre gorge se fait petite.

Pourquoi vous l'avez appelé Sauveur?

Parce que c'est ce qu'il était pour moi.

Clair de Terre. C'est le troisième lever de soleil aujourd'hui. La régularité du spectacle devient presque lassante, une idée que vous ne devrez jamais partager. Tout doit être merveilleux là-haut, rien de moins. Vous retournez sur Terre dans trois semaines en compagnie de Poindexter. Vous entendez Stanisław qui chantonne en travaillant. Il vous demande pourquoi vous caressez votre bracelet si souvent. Vous souriez sans répondre.

La mère de Sauveur s'y attendait. Ses frères et sœurs, tous plus jeunes, avaient du mal à cacher leur surprise. La minuscule église baptiste avait été contrainte de refouler les gens. Vous aviez communiqué avec les médias pour leur raconter cette incroyable histoire. À votre étonnement, ce fait divers était devenu une nouvelle de premier ordre. Le maire de la ville, des députés locaux, des activistes de la communauté haïtienne s'étaient présentés. À la demande de la mère, vous avez fait une allocution avant l'homélie. L'expression de votre gratitude, la promesse que si vous étiez retenue par l'agence spatiale, vous honoreriez sa mémoire en orbite. Vos intentions étaient nobles, vous n'aviez jamais pensé plus loin.

Sur le pas de l'église, une journaliste vous dit qu'il est maintenant insensé que l'agence refuse votre candidature. « Vous leur apportez une excellente histoire. Il reste quoi, seize candidats pour deux postes ? » Vous confirmez l'information bien que vous n'ayez pas envie de penser à ce genre de chose. Le cortège vers le funérarium est sur le point de se mettre en branle. Des micros avancent vers vous. *Je devrais pas leur répondre...* Une intuition ligote vos jambes. Leurs questions, vos réponses ; la vérité, que la vérité.

Vous lui avez promis un repas en tête-à-tête s'il devinait. Il s'est avancé vers vous avec un air ravi, trois jours avant le retour sur Terre. La profondeur de ses cernes suggérait qu'il avait navigué sur Internet pendant son temps de sommeil. Il a trouvé votre historique médiatique, des reportages télé. Stanisław doit néanmoins deviner. Il se tâte le menton, comme s'il ponctuait sa pensée d'une gestuelle étudiée. « C'est un talisman, ce bracelet... Il doit contenir quelque chose qui appartenait à ton bon samaritain. »
Il s'appelait Sauveur.
Je sais... Ça ne s'invente pas des choses du genre.

Non, ça ne s'invente pas.
Alors, j'ai mon repas ?
Pas tout à fait.

Soir d'étoiles pâles sur Terre. Vos douleurs musculaires ont cessé. La gravité ne vous gêne plus. À l'écran, le visage de Stanisław. Il a deviné un peu trop tard. De la poussière de Sauveur. Quelques cendres recueillies dans l'urne avant l'éparpillement dans un parc. Stanisław revient à Baïkonour dans deux mois. Vous y serez, vous l'accueillerez vêtue d'une robe d'été à bretelles fines. Il ne vous a jamais vue en robe. Un point trop blanc traverse le ciel nocturne. Vous imaginez qu'il regarde par le hublot, qu'il vous voit. *Ce sera une robe rouge.*

LE LABYRINTHE DE TEMPS

Marc Riopel revit ses propres souvenirs
et discute avec son frère Carl devenu centenaire

Demi-sommeil où vous existez à peine. Le froid n'est qu'une idée sur votre peau. Carl, Catherine, Myriam, pourquoi eux? Pourquoi leurs souvenirs et non les vôtres? Comment votre frère a-t-il pu vieillir? *Il a parlé d'une technique... ce serait une possibilité du futur? Envoyer des souvenirs aux mourants? Je comprends pas...* Vos pensées s'envasent une à une, des images sans mots, des sentiments sans idées, des émotions fades. *Carl, Catherine, Myriam...*

Pourquoi les souvenirs ont cessé avec Myriam qui pense à un cosmonaute, à une robe. Quel est le sens de tout ça? Peut-être une pause, un temps d'assimilation? Peut-être que c'est terminé. Vos yeux ne s'ouvrent plus. Vos membres sont vidés de votre conscience. Vous êtes ce que vous avez toujours voulu : un esprit libéré, un état de la pensée sans corps. *C'est vrai, je ne sens plus mon corps, je dois être mort.*

Obscurité traversée de stries blanches, une lumière douce, diffuse. Bruits de pas, rumeur lointaine, presque évanouie. Les bruits de pas s'amplifient. Chaussures souples, des lacets détachés frottent au sol, le tintement des embouts métalliques.

Vous levez les yeux. Votre frère marche vers vous, il a vingt ans et la tête malheureuse. Il parle d'une femme. «Kim, qu'elle s'appelle.» Le nom ne vous dit rien. Il montre une photo, vague souvenir de bouteilles, de cocaïne, d'ecstasy, un rave, un *chill room*. «Oui, peut-être, j'sais pas, ça se peut.»

Myriam marche vers vous. Elle vous tend un tamis et trois contenants. Direction carré de sable. Elle verse une petite quantité, vous secouez, des plaques dorées apparaissent, quelques-unes de couleur bronze. C'est ce qu'elle recherche. Vous les retirez. Elle allume la lampe de son microscope. «Regarde, c'est du mica, c'est beau.» La miette minérale révèle des contours en dentelle, de fines lignes évanescentes tracent des paysages, un univers mille fois plus séduisant. Vous passeriez la journée à observer ce détail du monde.

Catherine marche vers vous. La musique enterre toute forme de conversation. «Gros *party*.» L'anniversaire d'une connaissance de la polyvalente. «Ouais, c'est poche.» Catherine a surpris son copain à se faire sucer par une autre. Elle est soûle, vous êtes défoncé. Vous songez à l'embrasser. Avec la langue. Elle vous regarde, ce serait facile. *J'aime pas ça quand c'est facile.*

Une association de gays et lesbiennes. Vous aimez l'idée, bien que ce groupe ressemble à une agence de rencontres. Un étudiant en philosophie devant vous. Les cheveux blonds, soyeux, l'œil doux. Il demande quand vous avez su pour votre homosexualité. «Jamais. J'aime aussi les femmes.» Il recule sa chaise, un air de dédain à peine caché.

Jour de soleil chaud, ciel sans nuage ni smog. Août s'étend sur le mont Royal. Les hommes, torse nu, les femmes en haut de bikini et *hot pants*. Votre œil glisse d'un corps à l'autre, des courbes mâles aux courbes de femmes. Vous imaginez ces corps pour vous. Leurs mains, des centaines de mains sur votre peau offerte. Des bouches, par dizaines. Les sexes de n'importe qui. Frottés, massés, léchés. Un amour mesuré en frottements. Le livre ouvert qui dissimulait la bosse dans votre short est tombé. Tout près, une fillette vous pointe du doigt. Vous lui envoyez la main. Elle ne vous aime pas.

Maison vide, non, usine vide, une pièce immense. Un toit, un plancher ; les murs semblent perdus dans un gris neutre. Vous rêviez à ceci autrefois. Le gris complet, le cauchemar du vide. Mais vous n'êtes plus un enfant. Vous êtes l'adulte qui s'est injecté une overdose, vous êtes ici, en train de marcher dans le décor d'un rêve presque aussi vieux que vous. *Pourquoi je me souviens d'un rêve ?* Une forme se matérialise au loin et vous courez. C'est inutile, vos pas sont d'une lenteur de goudron chaud. La forme s'approche d'elle-même. Des murs, un bureau, un homme qui parle.

Le rêve. Qu'est-ce que c'est que le rêve ? Je suis en train de rêver tout ça ? Non... comment je pourrais concevoir autant de détails sur la vie des autres ? J'ai pas ce talent-là... « Non, c'est faux. T'es capable d'inventer encore plus. » *Qui a dit ça ?* « Par ici. »

La maison des vents devenue grise. Vous voyez Carl, une image de Carl. Quelque chose d'un fantôme. Il est plus vieux qu'à sa première apparition. Sa voix semble sortir d'une machine tant elle est rauque.

Nous pouvons parler pendant deux minutes.

Mes yeux sont ouverts ou fermés ? Je le vois ou je le sens ?

Ni un ni l'autre, Marc. Je suis pas ici. Je suis dans ton esprit.

Mais tu es Carl ?

Oui.

Pourquoi tu es vieux ?

Parce que j'ai cent vingt ans.

Comment c'est possible ?

Pas le temps de t'expliquer. C'est possible, c'est tout. Tu veux savoir quoi ?

Comment... comment va le monde ?

Pourquoi ça t'intéresse ?

Parce que ça m'a toujours intéressé.

J'en suis pas certain.

Carl, tu veux dire quoi ?

Si ça t'avait vraiment intéressé, tu te s'rais pas tué.

Mais je suis pas encore mort... Carl ? CARL ?

L'image de votre frère s'atténue jusqu'à disparaître. *Reviens...*

Une voix, celle de Carl, plus faible, rauque. «Plus beaucoup de temps. Pourquoi t'as fait ça, Marc ?» *Parce que... parce que ma vie n'a plus de sens ? Je sais pas... parce que je vais nulle part.* «C'est tout ? C'est dommage, oui... Je me s'rais attendu à mieux de ta part... Adieu Marc.»

«Marc...» Une voix de femme, vieille, elle aussi. *Catherine ?* «Carl est mort hier. Il voulait qu'on te parle. Il a repris tes études après ta mort. Il a fait des choses intéressantes à partir de tes idées. Il voulait te remercier. Il a pas eu le temps... Il a pas su comment... Je... je t'aime Marc.» *Cath...*

«Des éléments de tes théories sont appliqués aujourd'hui. Pour le meilleur et pour le pire. Disons qu'il y a pire que ça.» *Myriam ?* «Oui, c'est moi.» *Comment vous faites pour communiquer à travers le temps ?* «Le temps est un labyrinthe, Marc.»

Les ombres assaillent le gris parfait. Une noirceur qui n'est pas la nuit ni le vide. *Quoi ? NON! Non! Je veux voir!*

LES PAYS DU GRIS

*Marc Riopel découvre le siècle à venir
tel que perçu par Myriam Dubois*

Yeux ouverts, hublot, fond noir percé de minuscules points de lumière, ces étoiles à jamais lointaines. Une mèche grise brouille votre vue. Vos cheveux se sont détachés. Probablement la blague d'un collègue. Dans quatre heures, vous passez dans le module lunaire. Demain, vous posez le pied sur la surface.

Image sur l'écran d'ordinateur, légers délais entre les questions. L'animatrice vous demande quel honneur cela représente d'être la première Canadienne et troisième femme à marcher sur la Lune. Vous répondez avec le discours fabriqué par les agents de communication dc la NASA, sourire professionnel, émotions calculées. Cette partie de la mission se déroule sans embûches. Une dernière question : «Quelle pensée avez-vous pour le jeune homme qui vous a sauvé la vie, il y a une douzaine d'années ?» Vous prenez une pause. Vous comptez trois secondes et frottez votre pouce contre le bracelet à votre poignet gauche. « Il est avec moi. Il est toujours avec moi. »

Vous attendez le courrier, assise devant l'ordinateur, incapable de corriger les travaux de vos étudiants. Au pire, le facteur ne déposera rien d'intéressant et vous attendrez jusqu'à demain ou après-demain. Le bruit de la sonnette provoque une poussée d'adrénaline, votre cœur s'accélère, vous avez chaud. Facteur, lettre recommandée, le logo n'est pas celui de l'agence spatiale. *Ça va.* Vous savez qu'une lettre signifie un refus, qu'un appel vous mènera dans l'espace. Vous retournez devant les travaux à corriger. La moyenne sera basse, peu importe les remontrances que votre rigueur provoquera au département. Le téléphone, nouvelle montée d'adrénaline. « Myriam Dubois, j'écoute. » C'est l'agence spatiale. Votre cœur double sa vitesse. L'air devient meilleur, plus frais. Votre chat frotte son dos contre vos mollets. Un klaxon résonne dans la rue. Vous embrassez le bracelet que vous portez depuis un mois. Une conférence de presse aura lieu dans trois jours.

Vous fouillez une image mentale. Le cours d'avionique, des visages par dizaines ; des Blancs, des Asiatiques, quelques Noirs. *Il était où ? Je lui ai déjà parlé ?* Vous repensez à votre directeur de recherche qui vous présente aux élèves. Il parle du concours, de votre place parmi les seize finalistes. Les étudiants applaudissent sans véritable enthousiasme. Impossible de retracer Sauveur dans le moindre souvenir.

Vous la cherchez. Elle était devant. Elle n'y est plus. «Ma-man?» Vous vous levez. Position verticale, main sur le rebord d'un fauteuil. La voilà, elle est accroupie, trop loin pour être touchée. Ses mains font des signes. Comme si elle voulait attirer de l'air vers elle. Vous avancez un minuscule pied sur le tapis brun. Toujours aussi loin. Il faut lâcher le fauteuil, il le faut.

Respiration lente, mais fébrile. Un mètre vous sépare de la surface. Vous aimeriez prononcer une phrase immense comme celle d'Armstrong, rien ne vient à votre esprit. Le pays vous regarde. Crickton a planté le trépied de la caméra dans la poussière dès son arrivée. Il tire déjà les caisses déchargées par Johnson sur la partie supérieure du module. Vous levez les yeux. Poindexter vous envoie la main. « *Go Myriam, be a star!* »

L'entraînement n'avait pas tout simulé. La gravité réduite est identique, la combinaison est la même, c'est le sol qui est différent. Une poussière fine, microscopique, tendre, quelque chose d'une cendre magnétique. Vous avez prononcé une phrase convenable en posant le pied sur le régolite. Si convenable qu'elle a fui votre esprit comme vous la disiez. Vous sautillez vers les caisses, prendre garde, ne pas perdre pied, agir comme si tout était normal, marcher sur la Lune. *Tout est normal, tout est normal.*

C'était destiné à être un test, officiellement, du moins. Depuis le temps, certains astronautes s'étaient amourachés en orbite sans trop en parler. Depuis quatre ans, l'ISS accueillait les couples mariés. Pour la Lune, c'était du nouveau. Le processus de sélection avait été étrangement démocratique. Les anciens de l'ISS et de Tranquillité 2 avaient unanimement suggéré votre candidature. Stanisław et vous, six mois sur la base Tranquillité 2. Finaliser les installations d'exploitation minière, départ dans deux ans. « Ça va être bien. »

Vous en avez marre. Encore six jours sans soleil. Les lumières thérapeutiques et les capsules de vitamine D n'arrivent pas à écraser le cafard qui vous ronge. Manipuler l'excavatrice vous emmerde. Vous écoutez un vieil album de la guitariste Kaki King. Votre mal de tête s'accroche. L'alcool en gravité restreinte ne vous a jamais réussi. Hier, le personnel de la base a célébré votre trentième mois de mission lunaire. Vous regardez le régolite retomber dans l'énorme benne du transporteur. La lenteur de sa chute ne provoque plus d'étonnement ni de fascination. Idem pour la fine bruine magnétique qui en résulte comme cet infini tapis d'étoiles qu'est le ciel. Vous regardez la zone éclairée par les projecteurs, grise comme l'éternité.

Une rentrée atmosphérique ratée, un problème majeur sur Tranquillité, une micrométéorite qui perce un réservoir principal, l'obligation d'avaler le cyanure pour éviter l'agonie. Ces éventualités, vous les acceptez, tant pour vous que pour Stanisław. Risques du métier, routine du danger, justification du chèque de paye. Mais ceci, ce ridicule coup de la vie, non, vous ne pouvez l'admettre. Le médecin est catégorique, l'attaque a été foudroyante. Même s'il s'était trouvé aux soins intensifs, ses chances auraient été minimes.

Tête chauve à l'écran, directeur de programme. « Il était au capcom, c'était son tour. Comme vous êtes pas très bavards, on s'inquiétait pas de son silence. Il était assis, sa tête penchait vers l'écran numéro 2. C'est moi qui... » L'homme fronce les sourcils, expire en tremblotant, renifle. « Le doc a dit que ça faisait trente minutes qu'il était parti quand je l'ai trouvé... »

Vous avez besoin de sortir. Impossible d'être seule. La NASA vous colle un chaperon aux talons. *Comme si j'étais pour me suicider ici...* Vous sautillez vers l'est, vers la première base Tranquillité, celle d'Armstrong et d'Aldrin. Une marche de quinze minutes. Vous ne pouvez vous approcher du site à moins de cent mètres, décret de l'UNESCO. Limite fixée à Little West Crater. Vous observez la base du LEM, le drapeau, toujours droit, faisant mine de flotter dans le rien. La grise blancheur du sol efface les étoiles lointaines. Vous restez immobile, légère. Vous aimeriez sentir la Terre tirer sous vos pieds, perdre cette capacité de bondir comme une ballerine en scaphandre, sentir votre cœur lourd, comme il se doit. Ce paysage qui vous échappe depuis tant de mois trouve enfin un sens : la Lune est un pays du rien. *Et je ne suis rien, en ce pays.*

Vous y êtes habituée, le retour à cette pesanteur exagérée, le rougissement de l'air autour de la capsule. Vous entrez comme une poussière balistique, une météorite de chair en conserve. Le corps de Stanisław est dans un congélateur mortuaire depuis trois mois. *Le toucher, une dernière fois, juste le toucher.*

Ville grise comme un dessin au plomb. Stanisław est allongé sous terre, avec père et mère, comme il le voulait. On a serré votre main, prononcé le mot regret en plusieurs langues. Vous n'étiez jamais venue à Minsk, c'était dans les plans. Stanisław souhaitait vous faire découvrir le parc des Chelyuskinites et son tortillard pour enfants. «Dès que j'avais l'autorisation, je montais dans le train. J'imaginais que les arbres étaient des pays, que je faisais le tour du monde.» La pluie commence, vous ouvrez un parapluie noir. Peu de marcheurs dans ce vieux parc d'attractions. La pluie s'intensifie, plus froide. Vous courez jusqu'au portique du cinéma Raduga, seul abri valable. Vous ne prenez pas la peine de traduire Raduga. Trop de fatigue, trop de poids entre vos idées. Vous appuyez le front contre la porte vitrée sans regarder à l'intérieur. Le portique vous protège à peine. «Et maintenant, Stanisław, je fais quoi?»

«Ce n'est pas ce que toi, tu dois faire. C'est moi qui agirai.» Vous regardez les trois cygnes se pavaner sur l'étang artificiel. Vos dents élancent sous la pression de vos mâchoires. «Avec la cryogénie, ils peuvent conserver mon sperme pendant vingt ans, peut-être plus. Ça donne le temps de trouver des solutions.» Vous aimeriez reconnaître qu'il s'agit d'une option. Peu importe les progrès en matière de fécondation, c'est maintenant que vous désirez ce bébé, pas quand vous aurez l'âge d'être grand-mère. «Je veux plus attendre.»

La nouvelle était venue par communication privée. Le confort bancal de la base Tranquillité vous avait semblé être le meilleur endroit pour oublier Stanisław. Une mission de trois mois. Deux jours et une nuit lunaire. *L'ancienneté...* Le repas matinal sort des réhydrateurs. Vous regardez Lanthier boire son café. Elle semble aussi stressée que vous l'étiez dans vos jeunes années. C'est son premier séjour. La mi-quarantaine, française décorée de l'écusson de l'ESA. Vous gardez les yeux sur votre liste de tâches. «Z'avez des enfants, Lanthier?»

Pardon?

Des enfants.

Non, je n'en ai pas eu avant... maintenant c'est plus possible, comme pour un peu tout le monde ici.

Eh bien, Murray est enceinte... de sept mois.

Murray... Elle a quoi, soixante ans?

Soixante-quatre.
Ben merde alors.

Les fours solaires de troisième génération chauffent le régolite à un meilleur rythme. Une part du mérite vous revient pour cette amélioration. Devant, il y a la plaine où s'étendent les ailes de la base Tranquillité 2 comme une pieuvre géométrique. *Un petit village minier, rien de plus.* C'est votre première marche depuis l'infection qui vous a tenue à l'écart pendant deux semaines.

Fièvre élevée, toux sèche, vos sinus, l'impression qu'ils éclatent petit à petit. Stanisław vous avait parlé des infections sinusales en gravité restreinte. «Quand les nanobodies lâchent, ça bloque, le liquide ne coule pas… c'est terrible comme ça fait mal.» À l'aide d'une pompe, vous extrayez le maximum de mucus aux dix minutes, espérant que les antibiotiques à large spectre agiront rapidement. Par le hublot de la zone de quarantaine, vous regardez le très lent coucher de soleil. Malgré la protection assurée par le filtre d'or, la lumière vous aveugle. Votre vision est blancheur, votre pensée est blancheur, votre corps, une lumière brûlante. Vous voyez Sauveur qui se relève, indemne; Stanisław qui vous envoie un baiser dans le parc des Chelyuskinites. «DUBOIS! DUBOIS!» Yeux ouverts, plancher, murs, plafond, lit. «Votre fièvre, prenez de l'ibuprofène. Tout de suite!» Une fiole de gelée dans la passe. Vous aimeriez

revoir Stanisław, lui parler, lui prendre la main. *Sa main.*
« DUBOIS, TOUT DE SUITE! »

Une présence, une main sur votre ventre. « Ça va mieux ? Vous êtes montée à quarante degrés de fièvre. » Gorge de sable, tête traversée d'un poignard. Lanthier retire les fils de vos électrodes. « Vous savez quoi... pour Murray... c'est fait. Césarienne, deux filles en parfaite santé. Je sais pas pour vous, mais moi, dès que je reviens à la maison, je me lance. » Vous observez Lanthier. Aucun cheveu gris, deux ou trois ridules. *Toute jeune...* Vous regardez le hublot donnant sur la nuit lunaire. *Et maintenant, Stanisław ? Je fais quoi ?*

Bureau de verre et de métal, docteur Bindra, son haleine épicée, ses gestes lents. *Celui par qui le miracle arrive.* Vous aviez attendu que les filles de Murray atteignent l'âge de deux ans. Confirmer que ses bébés étaient bien séquencés. Le docteur Bindra presse ses mains l'une contre l'autre. Il explique qu'avec du sperme cryogénisé, il s'agirait d'une première. Il vous assure, ce n'est qu'un détail méthodologique. « Dans six jours, vous serez enceinte de deux filles. »

Leurs coups de pieds sont moins fréquents que les coups de poings. Vous ignorez si cette récurrence signifie quelque chose. Vous souriez à votre reflet de femme enceinte. Les nouveaux nanobodies vous donnent l'allure que vous aviez à quarante ans. Une image qui vous semble irréelle. Un retour vers les temps heureux. *Pour toi, Stanisław.*

Elles ont ses mains, ses yeux. Un mois à peine. Votre fatigue est un pays vide. L'une boit, l'autre dort. L'autre boit, la première dort. Vous vivez dans un lit immense, entre deux sommeils. Vous sentez chacune de vos années comme une résistance additionnelle. Dans le miroir, votre âge reste une fiction. *Quoi, c'est quoi ?* La sonnette, la porte. Une jeune femme bien en chair, accent espagnol, peau sombre. *La nounou, enfin.*

Vous tapez la dernière ligne de votre demande. Vous n'y retournerez plus. N'importe quel poste au sol vous conviendra. Anna et Karina prodiguent des soins médicaux à leurs poupées. Elles ont cessé de vous dévisager avec cette rancune infantile ignorant la moindre pitié. Cette mission d'urgence vous a fait manquer des dizaines de conversations, de dessins, de bobos, de cauchemars. *C'était juste un mois.* Lupe plaçait l'holocran au-dessus de leur lit. De votre cabine, vous chantiez les berceuses demandées : *La poulette grise, Frère Jacques, Au clair de la lune.* Trois jours après votre départ, les filles avaient pleuré pendant des heures, cette nuit-là la lune ne s'était pas levée.

Deux petites têtes dubitatives. Soir dégagé, étoiles rares, lueurs sur la ville qui ne dort pas encore.
Vous voyez le gros rond de lumière ?
Oui maman, c'est la... c'est la lune.
Bravo ma puce, c'est là-bas que maman va travailler demain.
On va pouvoir aller te voir ?
Non, c'est interdit pour les petites filles.
Pourquoi ?
Parce que... Parce qu'il y a pas de crème glacée, sur la lune.
Karina, le nez retroussé, la bouche mince, regarde Anna d'un air pensif. Elle tapote son épaule. « La lune, c'est comme une punition. »

Regard sur cette autre planète grise. Un quart de siècle passé dans cette tour de verre au centre de Houston. *Soit le verre, soit le régolite, deux variables minérales.* L'agence vous a contactée hier. Un poste au pays vous est offert, consultante en développement pour les missions martiennes. Il y a vos parents centenaires, hébergés dans un centre pour patients atteints d'Alzheimer, à Galveston. Difficile de les faire revenir au nord sans leur porter un coup. Vos filles entrent à la maternelle en septembre à l'école française. Vous pensez à Stanisław dans le sol de Minsk. À Trois-Maisons qui ne doit plus exister depuis les réformes agricoles. Vous regardez votre facture d'eau affichée à l'holocran du bureau. *Partir.*

Les ouragans ne vous avaient jamais effrayée. Vous alliez dans l'abri fortifié pour vous protéger des bris de vitres, vous attendiez la fin de la tempête, votre comlink d'urgence en main. Mais avec cette tempête de catégorie sept qui fonce sur la ville, vous ressentez une inquiétude morbide. Vos réserves sont suffisantes, de quoi tenir une semaine sans avoir à mettre le nez dehors. Les lits sont cordés. Celui des filles, le vôtre, celui de Lupe.

L'immeuble a toujours tenu le coup, il va passer au travers... L'air de la ville est une marmite brassée par une sorcière démente. Les derniers rapports parlaient de vents qui atteignaient trois cent trente kilomètres à l'heure. Des objets massifs frappent les vitres. *Faut que la structure tienne.*

Immense bruit métallique et sourd, les filles crient. Le hurlement du vent couvre rapidement le moindre son. « OK, LES VITRES SONT BRISÉES. ON EST À L'ABRI ICI. » Vous repensez aux moindres détails de la construction de cet abri fortifié. Ses murs en béton renforcé, l'épaisseur de la porte, la structure de la partie centrale de la tour. Noirceur complète, nouveaux cris aigus. L'alimentation électrique auxiliaire a été coupée. D'une main, vous trouvez une lampe de poche et l'allumez, le temps que vous connectiez l'éclairage aux batteries. *Voilà.* Vos filles sont blotties contre Lupe. Anna suce son pouce. Karina urine dans sa culotte.

Les vents ont diminué. Le canal d'urgence du comlink annonce que l'ouragan est passé. Vos filles et Lupe dorment. Vous osez sortir. Rien ne bloque la porte. Un pas, deux pas. «Mon Dieu.» La moitié du salon a disparu. Ailleurs, aucune vitre n'a résisté. La moindre surface est mouillée au-delà de sa capacité d'absorption. *Qu'est-ce qui a pu frapper l'immeuble pour en arracher un morceau?*

Vous aviez anticipé l'évacuation. La structure de la tour était affaiblie, dangereuse. Des pompiers circulent dans les corridors. Ils parlent d'un risque d'effondrement. Vous tenez Anna, Lupe se charge de Karina. Sur vous, des sacs à dos remplis de vivres et de vêtements. Arrivée dans la rue, vous voyez l'immense panneau publicitaire qui a arraché l'une des arêtes de la tour sur trois étages. Le vent n'est plus qu'une brise. Anna tremble dans vos bras fatigués.

Voitures pêle-mêle, arbres cassés, lampadaires couchés. Les rues sont de petites rivières. La garde nationale, les pompiers, les policiers. Les tours de verre sont ouvertes, béantes. Des papiers détrempés collent aux murs de béton, d'autres sont dans les branches des arbres déracinés. Une bombe sonique aurait accompli le même travail. Votre comlink sonne. «*Yes? Yes... OK...*»

Votre immeuble est condamné pour un mois. Encore le comlink. Au sujet de vos parents, une voix éteinte qui parle d'un incident lors de l'évacuation.

Les filles sont avec Lupe dans un gymnase de la NASA. Vous vous tenez devant une femme au tailleur fripé qui fait de son mieux pour vous expliquer. Elle mentionne un autocar, un décompte des personnes présentes. Vos parents leur avaient échappé. «On a perdu leur trace entre Galveston et la ville…» Vous comprenez qu'ils ne sont pas montés dans cet autocar. *Papa...*

«Papa, si jamais tu perdais le contrôle sur ta vie, tu ferais quoi?» Votre mère vous regarde avec des yeux ronds. «Fais pas cette face-là, chérie, elle est assez mature pour comprendre.» Votre père laisse la mer rabattre une dizaine de vagues avant de répondre. «Toi, Myriam Dubois, du haut de tes treize ans, si tu perdais le contrôle sur ta vie, tu ferais quoi?» Vous vous attendiez à ce jeu de rhétorique. Vous tournez la question comme un cube de Rubik, à la recherche d'une combinaison sûre. «J'pense que je ferais tout mon possible pour le reprendre.»
Moi aussi, ma grande, moi aussi.

Silence dans le wagon. Dix heures avant d'arriver à Montréal, sommeil difficile, en désordre. Toujours l'image de vos parents assis sur une plage ou un quai, attendant la vague immense, l'onde de tempête. Vous espérez qu'ils se sont drogués, qu'ils étaient morts avant d'être engloutis par les flots. La pluie trace des lignes horizontales sur la vitre du train. Vos filles ne dorment pas. Elles vous en veulent d'avoir laissé Lupe au Texas.

Comité d'accueil, dignitaires, membres du Parti écocratique, admirateurs. Vous vous souvenez. La Lune, première Canadienne à y avoir marché. Une certaine renommée vous précède en ce pays. Vous répondez brièvement, les mêmes réponses qu'autrefois, lors des missions. Vous êtes fière d'avoir participé à l'extraction de l'hélium 3, d'avoir contribué à l'indépendance énergétique des pays membres. Un homme entre deux âges se présentant comme ministre vous remet une carte de membre émérite du Parti, spécifiant que vous êtes une inspiration. Vous regardez vos filles. Elles sourient enfin. Ce cirque les amuse.

Tapisserie de style ancien, moulures ouvragées à la mode des années 1910. L'agence vous a trouvé une maison dont le charme suranné vous plaît. Étendue sur le sofa d'une couleur qu'il vous est difficile de nommer, vous repassez le message du comlink. «Le Parti s'engage à assurer le bien-être de votre personne ainsi que celui de vos descendants. En retour, il vous demande de continuer à faire bénéficier le pays de vos connaissances.» L'un de vos contacts à l'agence vous conseille d'accepter leur offre de conférences. « C'est rare qu'ils offrent, d'habitude, ils assignent. Et pour le projet Mars, au rythme où vont les choses, tu es mieux d'avoir un plan B. »

Fin de colloque, applaudissements polis, quelques poignées de main. Anna et Karina vous attendent près de la scène. Elles ont votre taille et votre air sérieux. Elles sont heureuses de votre passage en ville. Vous répondez avec une brève hésitation dans la voix. Votre vision s'embrouille, une spirale d'éther s'enfonce dans votre crâne, vos jambes se liquéfient. Chuter, s'étendre. Deux visages qui vous ressemblent, penchés sur vous, ravagés par l'inquiétude. Impossible de parler.

Plafond blanc, bruit de moniteur cardiaque. Vos nanobodies terminent leur rapport. Accident cérébral vasculaire majeur, dommages contenus, cautérisation optimale des zones affectées. Le nanochirurgien qui a supervisé la réparation a encapsulé un message. Il demande de ne rien faire, d'attendre sa visite.

« Madame Dubois. Heureux de vous voir réveillée. » Vous devinez que cette voix est celle du nanochirurgien. Homme jeune, peau noire, regard placide. Vous ouvrez la bouche pour le saluer. Aucun son. « Madame, votre centre de la parole a été affecté par une hémorragie. Les

nanobodies ont effectué un excellent travail, mais il y
a une limite. Je vous rassure tout de suite, vous reparlerez. Il faut donner le temps à votre cerveau de refaire
ses encartages.»

Les filles vous accueillent à la maison. Une odeur
de lasagne les entoure. Le chauffeur de taxi dépose vos
effets dans votre chambre. Vous le remerciez d'un signe
de tête. Karina et Anna se pressent contre vous. Elles
auront dix-neuf ans mardi prochain. Elles ont placé une
photo de Stanisław sur la table, comme vous en aviez
l'habitude lors des occasions spéciales. Vous ne pouvez
parler. Pleurer devient une solution envisageable.

Anniversaire des douze ans. C'était le cadeau
qu'elles avaient demandé. L'histoire sur leur père. Non
pas cette féerie que vous leur racontiez pour les mettre
au lit. «Votre père, c'est l'homme que la vie a créé pour
que je croie à l'amour.»

La parole ne revient pas aussi rapidement que vous
l'escomptiez. Près d'un an sans un mot. Un nouvel
automne commence. Votre jardin regorge de légumes.
«Myriam!» Une vieille voix, très ancienne. Un souvenir plus profond qu'un lac. Vous vous retournez
en gardant votre souffle, comme s'il s'agissait d'une
plongée. Une idée traverse votre esprit. Cette voix irait-

elle avec ce souvenir? *Carl?* Vous inspirez longuement. Douleur à la gorge. Vous soufflez une onde : «C-C-Carl?»

Novembre et ciel de cendre. Marc Riopel est en terre, à quelques kilomètres d'ici. Il y avait eu Sauveur en février. Et maintenant Marc, mort, effacé. Vous n'aviez pas vu Carl depuis une dizaine d'années, davantage pour Catherine. Les obsèques terminées, vous aviez roulé jusqu'à la maison des vents. Le matelas où Marc s'était enlevé la vie. Ces murs d'un univers décrépit, oublié. Vous contemplez ces champs que vous survoliez autrefois en ULM, l'esprit plus riche en rêves qu'en connaissances. Vous remontez votre foulard. Le vent, humide et froid. «Myriam? C'est toi?»

Carl et Catherine sont revenus ensemble. Les voir ici, dans cette maison inachevée. *Étrange.* Vous trois, réunis autour d'une absence. «On t'a pas félicitée pour ton concours d'astronaute.» Vous ne répondez pas, le regard ailleurs.

Pourquoi ton frère a rien laissé?

Je sais pas. Tout ce qui reste, c'est sa thèse pas finie.

Ouais… la réponse est peut-être là-dedans.

Vous vous jetez dans les bras de Carl. Vous avez parlé. Le vieillard qu'il est devenu a du mal à retenir sa joie. «Je venais seulement parce qu'on m'a dit que tes courges sont immenses.» Vous le poussez, gamine, souriante. Vous avez parlé.

Carl, plus vieux. Vous enseignez tous deux aux réfugiés depuis une dizaine d'années. Cette réforme du quatrième âge vous plaît. Dans la salle de repos, vous cumulez plus de deux mille ans d'expérience. Carl atteint les trois chiffres demain. Vous le regardez boire un thé vert, l'œil vif, un sourire en coin, les épaules toujours fortes. Ses rides sont discrètes.

Karina vous parle par nanocoms. Le projet de recherche qui l'emploie semble aboutir. Elle est excitée comme une écolière. *Trente-six ans, déjà...* Elle désire votre accord pour faire un test avec Stanisław. «On connaît l'emplacement et l'heure de son décès... Maman, tous les sujets qu'on a ranimés confirment que ça fonctionne. On sait pas comment, mais ça marche!»

Université, centre de nanorecherches de Montréal. Plusieurs poignées de main, nombreux sont vos admirateurs même si la Lune n'est plus un monde lointain. Une chercheuse senior vous explique que leurs nouveaux nanites fonctionnent de pair avec votre cognition. «Ils génèrent un calque de vos souvenirs, c'est ce calque qu'on dépose dans une dimension parallèle.» Vous n'auriez jamais cru une telle chose possible.

Et ça marche?

Tous nos tests l'ont prouvé.
Mais comment on fait pour savoir avec Stanisław ?
Impossible de s'assurer que le message est décodé.
Donc, c'est un acte de foi.
Tous nos tests ont fonctionné, madame Dubois.
C'est ce que je dis, un acte de foi.

LE VIEILLARD
AU CŒUR D'AMBRE

L'âge d'homme et la mort de Carl Riopel

Myriam n'était pas certaine de cette nouvelle méthode de transfert. Sa vision probabiliste l'avait néanmoins encouragée à tenter l'expérience. Envoyer des mémoires à un disparu. Procédure simple, indolore. S'étendre sur une table métallique, autoriser les nanites à entrer en symbiose neurale, le temps d'un rappel, d'un retour sur des saillies de l'existence.

Je sais, Carl, c'est impossible de savoir si ça fonctionne. Tout ce que je peux dire, c'est que je me sens mieux depuis que je l'ai fait. Même chose pour mes filles. J'ai l'impression d'avoir pu lui dire au revoir.

Mais, ce que je voudrais savoir, c'est pourquoi Marc s'est tué.

Myriam vous scrute de son regard mécanique drapé d'une douceur maternelle sans équivoque.

C'est déjà mieux que rien, non ?

Vous en avez perdu le sommeil. Envoyer vos souvenirs, des morceaux d'avenir dont Marc s'était privé.

Vous avez songé à Trois-Maisons, rasé depuis près d'un demi-siècle. Vous avez pensé à votre vie, à ses épisodes importants. *Jusqu'à quel point ce que j'ai retenu correspond au réel ? Mes souvenirs... ce sont des constructions mentales. C'est seulement ma réalité privée.* Pluie contre la vitre de votre salon, visage d'Éloïse en image, celui de votre fils vivant, puis mort, couché dans ce cercueil fermé, brûlé il y a des années. *Ma vie, est-ce qu'elle vaut la peine d'être partagée ?* Au matin, plissant les yeux devant un soleil exagérément intense, vous avez pensé aux anciens de la maison des vents, à Myriam, à Catherine. *Myriam voudra... ses souvenirs sont déjà stockés. Catherine...*

Le message indique Catherine Angers. *Cath ?* Vous devancez la pause de votre séminaire. Elle dit être à bord d'un bateau de réfugiés qui arrive de l'Ouest africain. Elle a une mine horrible. Malgré l'âge et les cicatrices, vous l'auriez reconnue sans hésitation. Même visage, même regard de petite fille triste.

Été humide, poisseux. Vous avancez vers Catherine qui fume, accoudée à la fenêtre sans vitre. Elle vous offre une cigarette. «Non, ça va.» Un feu sauvage au coin de la bouche, les cheveux rabattus sur le visage. Long silence. Chants de cigales. Une marmotte gambade dans le champ. «Un jour, j'vas tellement crisser mon camp d'icitte.»

Elle dit revenir d'une mission humanitaire qui a tourné au cauchemar. Elle n'en raconte pas davantage. « Ça fait vingt ans que je suis en mission un peu partout, j'ai plus rien au pays. Faudrait juste que tu m'aides le temps que je m'organise. » Les étudiants tournent autour de vous, des questions plein la tête. « Tu peux rester tout le temps qu'y faut, t'arrives quand ? »

Catherine était l'une des rares femmes de votre génération à faire son âge. Sa peau était rêche, constellée de taches rougeâtres. Son visage ridé présentait un nombre inquiétant de cicatrices. Ses cheveux secs et gris ressemblaient à de la paille que l'on aurait couverte de cendres. Elle envoie la main dès qu'elle vous aperçoit dans la zone d'attente. Son énergie et sa vitalité détonnent avec son apparence. « Merci, Carl. Mon Dieu… ça doit faire quoi ? Trente ans ? Merci d'être venu, merci. » Catherine se presse contre vous. Une accolade robuste, fraternelle. Vous l'entendez renifler dans le creux de votre épaule. Son tatouage de couleuvres paraît par l'encolure de son chandail. Elle renifle à nouveau. Vous ne pensiez pas que cette femme pouvait pleurer.

Éloïse l'accueille comme si elle était de la famille. « Mon homme m'a souvent parlé de vous. C'est un plaisir de vous rencontrer. » La chambre de Yarrick est déjà prête. La domotique apprend à Catherine que ses nanobodies doivent subir d'imposantes mises à jour. Ils retardent de deux générations. Catherine peine à marcher. Vous l'aidez à se mettre au lit dans cette chambre

111

aux étagères garnies d'objets issus d'un passé heureux.
Vous aviez presque oublié l'existence de cette pièce.

Catherine s'est réveillée à midi. Deux jours de coma
technique. Elle a rajeuni de trente ans. Ses cheveux ont
repris leur couleur, ce noir de jais légèrement luisant
qui la rendait si ténébreuse, au temps des cigarettes et
de la maison des vents. Depuis le repas, vous parlez des
années passées. Vos jours d'enfance vous reviennent
peu à peu. Votre Big Wheel, les jeux dans les champs,
votre première rencontre, ses petits bras tachés du sang
de sa mère. Éloïse sourit en vous regardant. Catherine
n'a rien dit à propos du suicide de Marc. Vos récits se
rapprochent de ces années noires. Bref silence. Éloïse se
lève pour remplir les verres. Les questions, les doutes,
Marc, votre frère.

L'ambulance roule sans sirène vers l'horizon aux
nuages opaques. Vos pieds s'enfoncent lentement dans
la vase froide. Plus loin, derrière, il y a la maison de
vos parents, inoccupée pour l'instant. *Comment je leur
apprends ça ?* Une bourrasque vous fait reculer d'un
pas. De la neige dans vos yeux. Vous tournez le dos,
relevez le col de votre manteau. Vos épaules sont des
pierres, des rochers. *Peut-être qu'il a laissé quelque
chose.*

Sa chambre, la cuisine, le salon, le sous-sol. *Rien.*
Aucune note, aucun courriel. L'état de la maison est au-delà du lamentable. Boîtes de pizza, cendriers débordants, bouteilles vides, poubelles pleines. Une ambiance de dépression profonde, de solitude crasse. Vos parents reviennent de leur croisière dans trois jours. *Il doit y avoir quelque chose.* Vous ouvrez le vieil ordinateur portable de Marc. L'écran a été brisé. Des touches manquent sur le clavier. *Le disque dur ?*

Le technicien aux lunettes rondes vous assure qu'il n'aura aucune difficulté à récupérer les données. Le disque dur est impeccable. Il demande si vous préférez l'installer sur une autre machine ou si vous souhaitez avoir les infos sur une unité portative.
Portatif, oui.
OK... hum, c'est bizarre ça... je vois rien.
Comment ça ?
Il a tout effacé... Attends un peu.
Le technicien appuie sur une succession de touches, de longues lignes de code apparaissent.
Hum... ouais... pas grand-chose...
Quoi ?
Il reste un gros fichier texte dans une zone sécurisée de sa poubelle... En fait, c'est un fichier fantôme... Tu devrais pouvoir l'ouvrir dans Word.

Rien. Absolument rien... Le texte de trois cents pages issu du fichier fantôme est une version de la thèse que préparait Marc. Lecture à l'écran. Vous prenez des pauses à chaque deux pages, asphyxié par l'étanchéité de ce verbiage intellectuel. Mal de tête. *Si la raison de son geste est là-dedans, ça va me prendre des années avant de la trouver.* Vous passez à la salle de bains. Le miroir à peine dépoli renvoie le reflet d'une expression inédite. Vos traits empâtés par le doute, les yeux figés, ouverts mais presque aveugles. Votre bouche, petite, crispée. *Je vais trouver. Peu importe le temps que ça prendra.*

Université, admission, file d'attente longue comme un dimanche. Un commis du comptoir circule en expliquant qu'un bogue informatique les oblige à travailler en mode manuel. «Fascinant... un petit problème, pis c'est le chaos.» C'est la jeune femme devant vous. Elle vitupère à mi-voix, les yeux tournés vers le plafond. Son parfum ambré vous soûle depuis plusieurs minutes. L'envie de lui adresser la parole vous démange. Votre cellulaire signale la réception d'un texto. C'est votre amante. Elle ne pourra vous voir cette semaine, son mari est retenu à la maison. *Parfait.*

Vaste amphithéâtre rempli de têtes féminines. Quelques hommes éparpillés comme des anomalies souhaitables. *En plus, je dois être le plus vieux...* Vous rougissez à cette idée. Toujours cette impression d'être étranger, une fourmi dans la ruche. La plupart des étudiantes ont à peine vingt ans, le dos courbé, la tête lourde, penchée vers leur ordinateur miniature. Un étudiant maigrelet observe vos bras musclés enserrés dans les manches de votre t-shirt. Son visage affiche une expression hésitant entre dégoût et envie. Vous êtes le seul à prendre vos notes avec un crayon. Vous avez chaud. Il est encore temps de sortir, demander un remboursement, reprendre vos livraisons de courrier.

La pause, le parfum ambré qui revient. Elle est debout contre un mur de béton, l'air mauvais. «Non mais, il pense quoi? Qu'on a juste un cours?» Vous tournez la tête. C'est à vous qu'elle s'adresse, vous en êtes certain.

La rue est pleine, une foule impressionnante. Éloïse se presse contre vous, vos pas ne semblent faire qu'un, ses formes rondes accueillent les vôtres avec une parfaite correspondance. Son parfum vous enivre toujours. En chœur, vous criez : «DÉCROISSANCE, ÉQUITÉ, AU NOM DE L'HU-MA-NI-TÉ; DÉCROISSANCE, ÉQUITÉ, POUR UNE AUTRE LI-BER-TÉ!» Vous songiez vous joindre aux écolos depuis votre inscription à l'université. Éloïse dirige la section de son quartier depuis un an. Vous avez payé votre cotisation en souriant. Vous êtes certain que cette histoire se terminera avec la session. *Elle est jeune...* Vous aimeriez l'aimer, cette femme.

Sa peau contre la vôtre, tant de chair pour vous bercer. Vous n'aviez pas senti pareille sensation depuis

l'enfance. *Un corps contre lequel je peux me blottir complètement... me perdre...*
   Ça fait trente-cinq ans que j'attendais ça.
   Je t'aime, Carl.
   Vous vous redressez. Le temps joue contre vous. Peser le pour et le contre. Ces yeux, cette bouche qui vient d'avouer un amour plus grand que vos angoisses, ce bras autour de votre cou, ce parfum.
   Je t'aime. Je t'aime.

   Le feu a brûlé la première moitié des chandelles. Les boîtes d'Éloïse occupent une partie du couloir. Elle n'avait presque pas de meubles. C'était devenu logique. L'idée ne vous a pas effrayé. Une gorgée de vin, elle dit ne pas comprendre pourquoi vous n'avez jamais vécu avec une femme. Vous haussez les épaules, portez votre main vers une mèche de ses cheveux, la rabattez délicatement derrière son oreille. *L'amour de ma vie.*

   L'appartement, les livres. Vous aviez cessé d'y croire. Pourtant, il y avait bien un indice. Cette Bible grand format que vous n'aviez jamais ouverte. Éloïse l'avait saisie, demandant à quoi servait cette vieillerie. Elle l'avait ouverte devant vous. « C'est quoi, ça ? » Les pages avaient été taillées pour y dissimuler un petit carnet Moleskine.

L'écriture minuscule de votre frère, une forme de journal, un carnet d'incertitudes. Vous allez à la dernière page, à la recherche d'une date, de cette lettre manquante. Non, rien. La dernière entrée parle d'une aporie fatale pour son projet, six mois avant le suicide. Éloïse avance qu'il a peut-être découvert que le produit de son raisonnement dépassait ses intentions. Vous passez la nuit à lire ce carnet, le front bas. Au matin, votre compréhension du monde a l'apparence d'une ville étrangère.

Début d'été, soleil chaud sur vos avant-bras. Vous êtes deux fois diplômé. En septembre, ce sera le dernier cycle. Des éléments cruciaux de la thèse de votre frère vous échappent. Vous commencez à croire qu'elle ne contient pas l'explication recherchée. Éloïse pose le Moleskine devant vous.

De mon point de vue, c'est une collection de questions sur l'éthique de ses idées. Les théories de ton frère étaient vraiment intéressantes. Une application politique radicale des théories de l'écologie profonde... Sa seule faiblesse, c'était qu'il voulait préserver les qualités du système actuel en éliminant ses défauts. C'était trop idéaliste. Et je suis certaine qu'il s'en est rendu compte.

Et ce serait ça qui l'aurait poussé à se tuer?

Je sais pas. On sait jamais.

Soutenance de thèse, comité armé de questions et de sous-questions saturées de virgules. Vous êtes un lac au petit matin. Vous répondez d'une voix douce. Dans la salle, Éloïse assise aux côtés de votre père en fauteuil roulant. À la pause, vous passez l'embrasser, caresser son ventre énorme où flotte votre fils. Votre père sourit. Vous lui avez appris qu'une autre université de la ville vous a déjà offert un poste.

Bureau d'éditeur, révision d'épreuves. Tout semble en place. La version vulgarisée de votre thèse semble promise à un plus grand lectorat que vous ne l'anticipiez. L'éditeur vous en assure. Vous revenez à la dédicace. *Par la mort, mon frère, tu m'as mené ici. Ce livre, ce sont nos voix réunies.*

Qu'est-ce tu fais encore à jouer dans ton char ?
Du *tuning*.
Maudit que tu perds ton temps... tu devrais lire d'autres choses que des livres de mécanique pis de musculation.
T'étais ben content que j'en aie des bras quand tu te faisais péter 'a yeule au secondaire.
Carl... c'est pas comme si t'étais un cave qui peut pas faire mieux. Moi, je le sais que t'es capable de faire n'importe quoi... t'es comme moi là-dessus. T'es juste lâche.
Écoute, j'haïs ça, lire. C'est *dull*.
C'est quoi qui est pas *dull* pour toi ?
Ben, le *tuning,* c'est cool en crisse.
Pis le jiu-jitsu que tu faisais avant ?
J'sais pas, c'est rendu plate.

Pis quand le *tuning* va devenir plate, tu vas faire quoi ?

J'sais-tu, moé ? T'es ben fatigant !

Votre clé anglaise frotte contre vos doigts. Les ampoules vous obligent à changer de main. L'installation des panneaux solaires s'est avérée complexe. Vos jours de travail manuel sont loin derrière. La lampe de poche qui éclaire votre zone de travail commence à faiblir. Vous devrez finir demain. Vos mains tremblent de fatigue. Demain, vous donnez votre premier cours en tant que professeur régulier.

Se calmer, inspirer, ressaisir ces mains vibratiles. «Tenez-vous prêt, monsieur. C'est pour bientôt.» La tête du bébé enserrée, presque coincée. Le sexe d'Éloïse est dilaté au-delà de votre capacité de compréhension. Ses grandes lèvres se déchirent sous l'effort. «UN DERNIER COUP... POUSSEZ!» La tête aux cheveux noirs avance d'un bon centimètre. L'obstétricienne glisse ses index sous les oreilles qui apparaissent, dégage la tête jusqu'aux épaules. D'un geste sûr, elle place vos mains sous les aisselles de ce petit corps étranger. Sa peau chaude et gluante. «Allez, tirez!» Vos doigts se referment sur un corps minuscule. Deux bras, deux jambes, un cri strident, d'une force impensable. Vous posez votre fils sur la poitrine nue d'Éloïse. «Bonjour Yarrick... salut mon gars.»

Le petit s'est éveillé, il a vidé un sein en dix minutes. Son rot a fait rire Éloïse. Yarrick est couché sur le lit d'hôpital. Il vous regarde. Le divertimento de Mozart qu'il entendait *in utero* s'échappe des haut-parleurs de votre ordinateur portable. Le visage de votre fils change immédiatement. Vous reconnaissez cette expression, identique à la vôtre ; la curiosité, la fascination. Une douce chaleur gagne votre ventre. Votre corps ne ressent plus le poids de la fatigue, vous gravitez sans peine, un rocher autour d'une étoile neuve.

Été trop sec et ce virus qui ne vous lâche pas. Fièvres, frissons, nanobodies à demi efficaces. Vous regardez Yarrick, immobile, entouré d'un holocran gorgé de terminologie technique. D'une main molle, il chasse les moustiques occasionnels. Il vous rappelle Marc, bien qu'il n'ait aucune ressemblance physiologique avec lui. S'il persiste à progresser, il intégrera l'université avec trois ans d'avance. Peut-être est-ce la fièvre qui manipule vos facultés. Vous continuez votre sieste avec cette impression que votre fils a toujours étudié, qu'il a toujours le nez dans un livre ou un holocran. Un bambin qui étudie ses jouets. Un enfant qui analyse son écriture. Un jeune homme capable de s'orienter grâce aux étoiles.

« Papa, ce sera pas long. Seulement six mois de prospection. Je vais être revenu dans le temps de le dire. » Vous regardez l'hydravion quitter la rivière et tourner vers le nord-ouest. Vous savez qu'il trouvera ce qu'il cherche. Aux dires de votre collègue de Polytechnique, ses études sont solides. Une vaste source de lithium dans un périmètre restreint, une fortune qui attend sous les arbres.

Vous étiez à mi-chemin. Un curieux sentiment s'était emparé de vous. Un resserrement des nerfs, un froncement des sourcils. La pluie s'était arrêtée pour votre dernier kilomètre de randonnée, laissant le vent sécher vos vêtements. Vous rentrez à la maison, accrochez votre sac sur un crochet. «T'es là? Éloïse?» Un épais silence occupe l'espace, à la fois immense et lugubre. Vous avancez vers la cuisine, vers ce dos immobile, cette tête figée, ce puits de mutisme.

Vous ne dites rien. Vos mots sont hors d'usage. Brisés comme des branches mortes. Le message du collègue de Yarrick parlait d'un animal enragé plus petit qu'un ours, d'une férocité sans limites. «C'est apparu de nulle part. On marchait dans une clairière… Y'a eu une odeur très forte… Deux secondes après, ça lui a sauté à la gorge… Le temps que je sorte mon couteau… c'était déjà parti…» Le message continuait. Le collègue se confondait en excuses, la voix traversée d'aiguilles. Vous regardez Éloïse. Ses cheveux cendrés, ses ridules, ses mains l'une sur l'autre, ses yeux fixés sur le centre de table. Vous éclaircissez votre voix. «Un carcajou. Ça devait être un carcajou.» Le visage d'Éloïse s'embrouille comme une lune gibbeuse. L'impression que l'on a éteint le soleil.

Du temps. De l'espace. L'invitation de l'Université d'Islande reste dans un coin de l'holocran. Éloïse pense à se joindre aux groupes humanitaires en Asie. Si vous n'aviez pas la certitude que ses nouveaux nanobodies la protègent des épidémies qui ravagent ces zones, vous refuseriez qu'elle parte. Depuis la mort de votre fils, regarder votre femme vous donne envie d'arracher vos yeux. *Du temps, de l'espace.*

L'image de l'holocran peine à rendre les détails du visage d'Éloïse, mauvaise transmission. Vous voyez ses cheveux blancs plus nombreux que les autres. Elle explique que la gestion de terrain est atroce. Le choléra frappe la colonne de réfugiés climatiques depuis trois semaines. «On laisse une ligne de cadavres derrière. Y'a rien à faire, faut bouger ce monde-là avant la mousson.» Son visage, ses yeux. Dans quatre mois, vous la reverrez.

Il neige et vous quittez vos vêtements. Le vent gifle votre peau. En trois pas, vous vous élancez dans l'eau fumante. Un homme au torse velu vous demande ce qui a pu vous amener en plein hiver sur cette île perdue. Vous levez les yeux vers le sombre ciel du jour. Nuages de neige molle, un parfait gris de novembre. Vous essuyez l'eau qui perle à votre front. L'homme vous observe toujours. «La mort. C'est la mort qui m'a fait venir ici.»

Catherine et Myriam ont terminé l'extraction des mémoires. Vous regardez la minuscule unité de stockage. «Trois vies sur une si petite carte.» Vous envoyez le signal à la responsable du transfert. La zone de transmission du laboratoire se remplit d'une blancheur surréelle. Vous songez à Marc, à Yarrick. La responsable acquiesce de la tête. «Selon le protocole, tout porte à croire que le transfert a réussi, félicitations.» Catherine et Myriam vous regardent. Vous ne ressentez rien, sinon une pâle mélancolie.

Vous n'osez pas aborder le sujet. Il y a des années, Éloïse et vous avez cessé de parler de Yarrick d'un commun accord. *Préserver nos mémoires intimes, nos souvenirs privés.* Le repas réhydraté que vous partagez a une saveur proche du carton. *Si seulement on pouvait parler avec eux... ce n'est pas mes souvenirs que je voudrais lui envoyer...*

Une alerte vous oblige à poser ce vieux livre en papier. Vos nanobodies annoncent une dégradation des reconstructions cellulaires. Vous devez vous étendre, cesser vos activités pour vingt-quatre heures. La liste des réparations est longue. Vous comprenez la signification de ce message. *Il me reste un mois, si je suis chanceux...*

Éloïse a invité Catherine. Myriam et ses filles sont également présentes. Elles entonnent un «Joyeux Anniversaire» dissonant. Cent vingt-deux ans. Karina s'assoit sur le rebord de votre lit. «Il y a une nouvelle technique de communication… C'est très expérimental. Il faut s'y prendre à plusieurs reprises, mais en général, ça fonctionne environ deux minutes dans notre espace-temps.» Éloïse prend votre main et la pose contre son cœur.

Vous avez parlé à Yarrick. Il vous a répondu. Vous repassez la nanotranscription sans arrêt.

Papa?

Mon petit garçon.

J'ai peur.

Je sais… tu vas mourir.

Mais je veux pas.

Je sais… je sais…

Vous interrompez la nanotranscription. Éloïse vous parle. Vous saignez du nez et des gencives. *Marc… je dois parler à Marc.*

LA TERRE NE TOURNE PLUS

Marc Riopel explore l'espace de son effacement
en comprenant que pour lui et pour l'humanité,
demain sera sans rêves

Vous regardez Éloïse pleurer doucement. Sa tête posée contre la poitrine de Carl. Vous êtes Catherine. Non, vous êtes un souvenir de Catherine. *Est-ce un souvenir ?* Vous désirez regarder Carl de plus près, observer son visage inanimé, ses bras allongés le long de ce corps de vieillard. Vous approchez.

Vous sortez sur une terrasse pour prendre l'air. Le sentiment d'être sur la propriété de Carl, que cette ville aux constructions étonnantes est la Montréal d'un nouveau siècle. Vous balayez l'horizon du regard, à la recherche de repères immuables. *La montagne… les vieux silos du port… le stade ? Il est plus là ?*
Non, il a été détruit il y a longtemps.
Qui parle ?
C'est moi, c'est Catherine.
Quoi ?
Ferme les yeux, Marc. Écoute-moi.

Pièce d'une blancheur de lait, espace chaud comme un ventre. Catherine s'y trouve, jeune, âgée d'à peine vingt ans. Vous avancez, vous avez un corps impossible à identifier, ni jeune ni vieux. *Mais, comment... ?* «Marc, arrête de poser autant de questions. T'es ici, t'es avec moi, c'est tout ce qui compte.»

Catherine marche vers vous avec une assurance que vous ne lui connaissez pas. Elle a les pieds légers d'une ballerine, elle semble glisser à la manière d'un spectre. Elle avance la tête, les lèvres à peine saillantes, pose un baiser sur les vôtres, un baiser délicat comme un pétale. «Je suis heureuse de pouvoir te parler de nouveau.» *Mais...*

Inutile d'explorer le pourquoi, le comment. Catherine ne comprend rien à cette technologie qui lui permet de vous parler à travers le temps. Elle dit avoir cent quarante-huit ans. Elle parle de Myriam morte il y a vingt ans, quelques années après votre frère.

Mais pourquoi t'es si jeune ?

Parce que c'est possible de l'être, maintenant.

On peut choisir notre âge ?

On peut faire beaucoup plus.

«Devant, regarde.» Une série d'images en trois dimensions glissent devant vous. Cinq visages. Ceux de Catherine.

Le visage enfant parle de sa mère malheureuse.

Le visage de jeune adulte évoque un amour qui la détruit.

Celui de la femme, d'une existence proche de la mort.

La femme mûre explique qu'elle désire redonner le peu qu'elle a reçu.

La vieille parle du monde comme d'un endroit où le rêve est devenu inutile.

Vous vous tournez vers Catherine qui n'a aucun de ces visages. Le sien est adouci, son œil n'est plus celui d'une jeune fille; non, une inversion, un regard âgé entouré de traits parfaits. «Viens, suis-moi.»

Cette impression de flotter en marchant. Cette absence de repère dans la blancheur totale. *Je rêve? Je suis en train de rêver?* Catherine vous sourit, la chaleur de sa main dans la vôtre confirme que tout ceci est authentique.

Où on est?

Nulle part.

En quelle année?

Le temps, il existe pas.

Je suis mort?

Oui et non.

Un contact, le sol, le gris du ciel, la terre brune, le froid, le vent. Une longue rue sous vos pieds. Catherine vous sourit toujours. La bonté de son visage vous tord le ventre. Si l'amour était une musique, Catherine serait une berceuse.

Elle parle d'une voix lente. Les hommes qu'elle a connus. L'enfant qu'elle a perdu. Les guerres, les réfugiés, le siècle raté, ce vingt et unième qu'elle a vu s'éteindre. Vous demandez comment va le monde en ces temps qui vous sont inaccessibles. «À plusieurs égards, il va mal. Sur quelques plans, il est magnifique. Contre l'avenir qui nous efface, nous travaillons sur l'éternité, nous y arrivons presque.»

«Nous avons trouvé le moyen de préserver nos mémoires. De les transmettre directement d'un esprit à l'autre à travers les temps. C'est ainsi que tu as pu vivre quelques-uns de nos souvenirs.»

«Nous avons découvert tant de choses à propos de la mort. Tu sais, mourir n'était que le début de rien il n'y pas si longtemps. Nous avons créé une vie au-delà de nos rêves, certains parlent d'une vie parallèle, les nostalgiques parlent de l'invention du paradis. Viens, n'aie pas peur.»

Vous voyez poindre Trois-Maisons et la maison des vents. Aucune usure visible, les mêmes arbres nus, les mêmes pousses de maïs séchées qui jaillissent hors de la terre brune, presque noire. Votre voiture garée. *C'est le jour où je me suis tué ?*

Le vent se retient. Les flocons de neige figent comme de minuscules étoiles. La Terre ne tourne plus. Vous flottez au-dessus de la rue. Catherine vous enlace avec une tendresse qui traverse vos angoisses. Vous êtes léger, aérien. Vous souhaitez l'embrasser. *Catherine ?* Elle n'est plus là, elle s'est fondue en vous.

La neige reprend son lent ballet. Le vent caresse vos joues. L'intuition vous impose de marcher vers la maison des vents, de méditer sur cette expérience. Carl qui reprend vos études jusqu'à devenir professeur. Enseigner, n'était-ce pas votre ambition ? Myriam qui travaille en orbite ainsi que sur une mine lunaire. *Ça ressemble à une partie de ma thèse…* Vous ralentissez jusqu'à l'arrêt. *Est-ce que j'invente tout ça ? Catherine, Catherine ?*
Oui ?
Où es-tu ?
Je suis toi. Avance, Marc, avance.

Votre cœur a le poids d'une pierre. Vos nerfs se tendent. Vos poumons semblent s'effondrer sur eux-mêmes. «Avance, Marc. Va dans la maison des vents, dépêche-toi.» Vous montez les marches de l'entrée, voyez la pancarte délavée. «C'est bien, c'est bien. Monte maintenant.»

Vous arrivez à l'étage. Sur le matelas, votre corps inanimé. Vous fermez les yeux. *Tout ça est impossible… c'est impossible.* Votre respiration siffle autant que la bise.

Vous ouvrez les yeux. Catherine tient la tête de votre cadavre. Vous ressentez sa main contre votre joue. *Mais je ne suis pas ce cadavre.* Catherine affiche toujours ce sourire lumineux, ces yeux de vieille dame. Vous approchez, presque étouffé, sans panique.

«Étends-toi, Marc, c'est le moment.» Vous tombez à genoux, certain de vous heurter au cadavre. *Rien.* Le cadavre est une image, un fantôme. Vous vous étendez dans le tracé de ce corps, vous ne respirez presque plus.

Catherine caresse votre visage. Ce qui était l'image du cadavre est debout à côté d'elle. Le cadavre ne vous regarde pas, il ne vous voit pas. Catherine se penche vers vous. Un doux baiser à votre joue glacée, un fin mot d'amour glissé à votre oreille. «L'éternité, Marc. L'éternité.»

Le froid, le vent. Vous songez à demain, à ces jours que vous ne verrez pas. Des bruits de bottes résonnent au rez-de-chaussée. Vous vous rappelez ce coup de téléphone, ce rendez-vous donné à Carl. Vous l'entendez qui vous appelle.

MARC? MARC, T'ES LÀ?

Vous ignorez si votre cœur bat, si vos poumons respirent toujours, si cette pensée est véritablement une pensée.

MARC?

Je suis nulle part. Je suis rien. Plus rien.

ROMANS, RÉCITS, NOUVELLES ET JOURNAUX

Éditions Les Herbes rouges
C.P. 48880, succ. Outremont
Montréal (Québec) H2V 4V3
Téléphone : (514) 279-4546

Document de couverture :
Andrée-Anne Dupuis Bourret, *Géogramme 1* (détail), 2012

Distribution : Diffusion Dimedia inc.
539, boulevard Lebeau
Montréal (Québec) H4N 1S2
Téléphone : (514) 336-3941

Diffusion en Europe : Librairie du Québec
30, rue Gay-Lussac
75005 Paris (France)
Téléphone : (01) 43-54-49-02
Télécopieur : (01) 43-54-39-15